MORD IST EINE LÖSUNG

ein Buch der Gröben-Exen

Magie-Verlag Puchheim

© Magie-Verlag Puchheim
Umschlaggestaltung: Roland Gehrke
Herstellung: Books on Demand
ISBN: 3-936583-05-6
Die Rechte bleiben bei den Autoren

Gewidmet allen unseren Opfern

Inhaltsverzeichnis:

Reiskörnchen

Gabriele Wenng-Debert

Mit lustvollem Aufzischen fügte sich das Öl der Hitze. Die prallen Fleischstückchen bäumten sich auf unter seltsamen Verrenkungen. Bläulicher Schaum trat aus, als hätte man in eine rote Traube gestochen. Sprossen, Paprika, Lauchringe spritzten nach allen Seiten. Grob fuhr die Pratze des angesengten Holzlöffels dazwischen, vermengte, verschob, quetschte zusammen, was zu entwischen versuchte – ein letztes Fauchen unter dem kalten Guss der Sojasoße, bevor alles im braunen Tümpel versank.

„Trödel nicht schon wieder, sonst mach' ich dir Beine!"
Tjing spürte die Schärfe der Fistelstimme mehr als die Kante des Kühlschrankgriffes, gegen den seine Schulter prallte. Die Reisschale auf dem Tablett kam ins Rutschen und er konnte sie gerade noch ins Gleichgewicht bringen. Wu San stand vor ihm, die Arme in die Hüften gestemmt. Tjing senkte betreten den Blick. Er sammelte die dampfenden Schälchen auf sein Tablett: erdbraune Klümpchen neben chiliroten, fettglänzende Brocken, gallertartige Fetzen. Und dazwischen jungfräulich unschuldig der Reis, den diese derben, trägen Massen wollüstig vereinnahmen würden.

Er hatte nicht gewusst, dass man sich so vor Essen ekeln konnte. Selbst ernährte er sich, seit er hier war, fast nur noch von Reis. Billig war das außerdem, denn sein Gehalt war gering. Fast schämte er sich, es anzunehmen, wenn Wu San ihm verächtlich die Scheine hinzählte. Mit dem Daumen zog er den letzten regelmäßig zurück.
"Falls was kaputtgeht", sagte er drohend. Es ging nichts kaputt. Aber Tjing traute sich nicht, den Schein beim nächsten Zahltag zurückzufordern. Der Daumen flößte ihm Angst ein, die nikotin-

gelbe Fingerkuppe und der dicke Ring mit dem Schlangenkopf. Tjing fragte sich, ob Wu San den Ring von den vielen zurückbehaltenen Scheinen bezahlt hatte.

Wu San kam aus Taiwan. Das war von Tjings Dorf so weit weg wie Amerika.

„Du kannst froh sein, dass ich so großmütig bin,“ sagte Wu San, „und dir den Job gebe und das Zimmer dazu."

Tjing träumte nachts davon, dass Wu San ihn zwang, alles aufzuessen, was von den Gästen auf den Tellern übrig gelassen worden war. Das lag daran, dass sich der Dunstabzug der Küche genau über dem Kellerfenster seines Zimmers befand.

Wu San war aus einer guten Familie. Er hatte es zu etwas gebracht. Tjing würde es nie zu etwas bringen. Dazu war er zu dumm. Die Gäste im Restaurant waren auch aus guten Familien. Und Tjing durfte sie bedienen.

„Ihr Provinzler wisst ja noch nicht mal, was ein Tischtuch ist", sagte Wu San. „Solch vornehme Leute hättest du ohne mich dein Lebtag nicht getroffen", und er strich sich mit dem Daumen über den speckigen Saum seiner schwarzen Weste.

Tjing hatte die Floskeln auswendig gelernt, die er den Gästen zu sagen hatte. Es war wie eine Formelsammlung: „Bitte sehl del hell was wünscht die dame volsichtig heiß hat es geschmeckt wünschen sie noch etwas ich blinge gleich die lechnung pflaumenwein eine aufmelksamkeit von haus." Tjing wusste nicht, was eine „aufmelksamkeit" war. Er vermutete etwas Erheiterndes, denn die Gäste lachten oft, wenn er vorsichtig jede Silbe einzeln herauspresste. Sie bekamen Schlitzaugen vor Lachen. Mehr Worte brauchte Tjing nicht zu können, das Abkassieren übernahm Wu San persönlich. So vereinnahmte er auch das Trinkgeld. Ganz selten kam es vor, dass ein Gast Tjing extra etwas zusteckte. Das geschah höchstens abends, wenn einzelne schon zuviel chinesisches Bier und Pflaumenwein getrunken hatten. Sie riefen Tjing dann:

„Hell Obel!" und lachten, bis ihnen die Tränen über die Wangen liefen, was bei den Frauen schwarze Schlieren unter den Augen hinterließ. Die Männer rülpsten wie Cantonesel und packten Tjing derb am Arm, um noch mehr Bier zu bestellen.
Deshalb machte Tjing am Abend immer besonders schnell. Kaum hatte er die Teller aufgeladen, spulte er sein Sprüchlein herunter: „hat es geschmeckt wünschen sie noch etwas ich blinge gleich die lechnung" und verschwand in der Küche, bevor noch jemand etwas erwidern konnte. Die Gäste hielten das für Schüchternheit, und Wu San ließ ihn als Strafe für sein unhöfliches Benehmen die Toiletten putzen. Das änderte aber nichts, denn Tjings Ekel vor den Gästen war größer als sein Abscheu gegen die verpissten Clos.

Tjing hob das Tablett und schulterte es.
„Und dass du mir ja zuvorkommend bist", schnarrte Wu San vorbeugend. Sein Nikotinfinger drückte Tjings Kinn in die Höhe. Der Schlangenkopf bohrte sich schmerzhaft in die weiche Haut unter dem Knochen. Es war die letzte Schicht an diesem Abend. Und die Gäste waren Wu San heute besonders wichtig.
„Sehr vornehm," sagte er.
Tjing stellte die dampfenden Reisschüsseln zwischen das Väschen mit den verstaubten, künstlichen Blumen und den Gewürzständer. Er schob die gehäuften Teller eng nebeneinander auf die Warmhalteplatten. Wie herausgeputzte leichte Mädchen standen sie in Reih und Glied und warteten darauf, dass man sich an ihrer glänzenden Überfülle bediente. Tjing schob die Vorlegelöffel zwischen Gemüse und Fleischbrocken. Er spürte einen Ruck am Ellbogen, und die Soße schwappte über aufs Tischtuch. Der dicke, glatzköpfige Herr neben ihm begann zu grölen und schlug sich auf den Oberschenkel:
„Zu wenig Pep, Bürschchen, isst wohl zuwenig Chilisoße! Her damit!"
Er angelte über die Teller hinweg nach dem Glas mit dem sämigen Brei und kleckste dicke Batzen auf seine Portion. Die

hellen Körnchen stachen wie Eiterpusteln aus der rötlichen Masse hervor.

Tjing servierte der Dame. Ihre Brust blähte die Bluse wie Wasser einen prallen Schlauch. Tjing versuchte daran vorbei zu sehen. Die chinesischen Mädchen hatten kleine, flache Busen. Als er sich über den Teller beugte, neigte sie ihren Kopf gegen seinen. Das Stroh der auftoupierten Locken raschelte an seinem Ohr. Da umfasste die Dame mit einem Ruck Tjings Taille und zog ihn zu sich. Sie war stark. Viel stärker als Tjing. Er plumpste auf ihren Schoß. Nie vorher war er einer Frau so nahe gekommen. Ihre aufgequollenen Backen erinnerten ihn an das Truthahnfleisch im Kühlschrank – rosafarben mit einer durchscheinenden Haut darüber. Die knallroten Lippen lagen wie Chilischoten dazwischen. Sie presste sie auf seinen Mund und der feuchte Löffel ihrer Zunge fuhr zwischen seine Zähne. Mit einer Mischung aus beschämender Erregung und Widerwillen blieb Tjing sekundenlang wie gebannt sitzen. Unter dem stechenden Parfumdunst roch ihr Schweiß morchelartig. Plötzlich spürte er die Hand der Dame zwischen den Knöpfen seines Hemdes. Das Papier eines Geldscheines raschelte auf seiner Haut, während ihr kleiner Finger seine Brustwarze berührte.

Der glatzköpfige Herr wieherte mit offenem Mund, und alle lachten noch mehr, als Tjing sich endlich befreite und hochrot hinausstürzte in die Küche. Wu San versperrte ihm den Weg. Tjing wand sich unter seinem Griff. Wu Sans Augen waren Eiswürfel hinter den dicken Lidern.

„Du verdirbst mir das ganze Geschäft! Zier dich nicht so, die Herrschaften wollen nur ein bisschen Spaß. Du kannst froh sein, dass so eine elegante Dame so etwas wie dich überhaupt ansieht."

Tjing schwieg, wie er immer schwieg. Er bediente weiter. Er trottete ins Lokal und servierte ab. Das quietschende Geräusch der zerquetschten Reiskörnchen beim Ineinanderstapeln der Schälchen tat ihm weh. Die noch in den Soßenresten schwimmenden Ananasstückchen, Bambussprossen und verbrutzelten Entenfleischhäute schob er ungerührt zusammen.

Er stellte die Platten auf die Spültheke. Er steckte die klebrigen Stäbchen in den Besteckkorb der Spülmaschine. Er schüttete die trüben Bierlaken in den Ausguss. Er holte die Aperitifgläser vom Bord über der Spüle. Er nahm die Pflaumenweinflasche, die von der billigsten Sorte, vom Regal. Er goss jedes Glas halbvoll. Das letzte Glas hatte einen Lippenstiftrand, rot wie Chili.

Tjing öffnete den Schrank unter der Spüle. Der ätherische Geruch der Reinigungsmittel schob den fülligen Küchendunst zurück wie ein kalter Luftzug eine schwüle Gewitterfront. Tjing nahm die Flasche mit der wasserhellen Flüssigkeit heraus. Auf dem Etikett war eine Raute, darin eine schräg geneigte Flasche, aus der es auf eine darunter gehaltene Hand tropft. Das Bild war mit einem dicken schwarzen Kreuz durchgestrichen. Tjing blickte auf die in der schleimigen Soße ertränkten Reiskörnchen auf den abservierten Tellern. Er zögerte kurz. Dann füllte er die Gläser bis zum Rand.

„pflaumenwein eine aufmelksamkeit von haus," sagte er. Alles lachte und grölte. Und Tjing stimmte zum ersten Mal mit ein.

Ehrgeiz

Brigitte Walter

Gerda war voll froher Erwartung: Heute würde es endlich klappen, heute würde sie den ersten Preis davontragen: Ihr Roman war gelungen wie keiner zuvor. Für den Einfall, Quendelins Probleme durch seine Exfreundin hervorrufen zu lassen – für den konnte sie sich immer noch begeistern. Stilistisch war das Werk makellos, stellenweise brillant formuliert und die Botschaft, die dahinter steckte, musste beim Leser einfach ankommen. Heute würde sie den Sieg erringen, da gab es keinen Zweifel.

Sie setzte sich an den Rand der dritten Reihe, von wo aus sie bequem aufstehen und nach vorn gehen konnte. Mit Gelassenheit sah sie der Preisverteilung entgegen und betrachtete das Publikum; der Saal begann sich zu füllen. Auf dem Podium nahmen Herr Wermut, der Verlagsleiter, und Herr Schleuner, der Organisator, Platz. Ein Streichquartett eröffnete die Veranstaltung. Gerdas Gedanken schweiften ab, sie malte sich ihren Triumph aus, und was sie mit dem Preisgeld anfangen würde.
Endlich legten die Musiker die Instrumente weg, der Verlagsleiter begrüßte die Anwesenden, der Organisator hielt eine launige Rede. Beifall.

„Und nun kommen wir zum Höhepunkt des Abends, der Preisverleihung. Die Jury hat drei Werke als preiswürdig erkannt, Sie, verehrtes Publikum, sollen nun mit Ihrem Beifall über die Rangfolge entscheiden. Als erste bitte ich Frau Gerda Rollwitz, ein Kapitel ihres Buches „Quendelin" vorzulesen!"
Gerda lächelte, nahm auf dem Podium Platz und las ihren Text vor. Blicke ins Publikum verrieten dessen Anteilnahme: fröhliche Gesichter bei den heiteren Stellen, gelegentliches Gelächter, ernste Mienen bei den tragischen Szenen. Gerda

13

war zufrieden mit sich, ihr Werk hörte sich wirklich gut an. Heftiger Beifall belohnte den Vortrag; siegesgewiss kehrte sie auf ihren Platz zurück.

Herr Schleuner ergriff abermals das Wort: „Uwe Greiner-Schnarles liest nun aus seinen Erzählungen „Eisenbahnschienen enden nicht im Nirgendwo". Der Autor, ein alerter Sechziger mit weißem Pferdeschwanz, trug mit Pathos vor, fuchtelte mit den Armen, sprang abwechselnd einen Schritt nach rechts, einen nach links. Etlichen Formulierungen war eine lautmalerische Brillanz nicht abzusprechen. Zögernder Beifall.

„Frau Marie-Anastasia Breitner präsentiert jetzt ihren Roman ‚Sommerfeuer'", kündigte Herr Schleuner an.

Leichtfüßig eilte die auf das Podium, legte ihr Manuskript zurecht, lächelte ins Publikum. Dann begann sie zu lesen. Mit wohl tönender Stimme zog sie die Zuhörer in ihren Bann, ließ sie mitleiden, mitbangen und sich mitfreuen. Perfekt beherrschte sie die Skala der Gefühle. Der stürmische Beifall kündete ihren Sieg an. Strahlend dankte sie ihrem Publikum. Noch mehr Beifall. Herr Schleuner schüttelte ihr die Hand: „Es ist das eindeutige Votum des Auditoriums: Ihnen gebührt der erste Preis!"

Gerda war wie vor den Kopf gestoßen. Dieser Roman war unbestreitbar der schlechtere, kunstlos formuliert - fiel das Publikum auf die herausgeputzte Präsentantin und deren Schauspielerei herein, die es fertig brachte, einen zweitklassigen Plot zu einem erstklassigen hoch zu stilisieren?

Wie aus weiter Ferne hörte Gerda die Stimme des Organisators: „Den zweiten Preis in Prosa dürfen wir vergeben an Frau Gerda Rollwitz, für ihren Roman ‚Quendelin'!" Beifall kam auf. Gerda erhob sich, wie mechanisch erreichte sie das Podium, nahm die Urkunde entgegen: „Ich kann es nicht fassen!"

„Sie haben sich den Preis ehrlich verdient, Ihr Roman ist ausgezeichnet, herzlichen Glückwunsch!" Lauter Beifall begleitete sie zurück zu ihrem Platz.

Gerda wurde schmerzlich bewusst, so lange die Breitnerin lebte, würde sie, Gerda, nie den Sieg davontragen. Alle Arbeit, alles Bemühen waren vergeblich.
Die Idee, die Verhasste aus dem Weg zu räumen, kam, als sie hörte, dass Marie-Anastasia wegen eines Herzanfalls bei einer Lesung nicht erscheinen konnte.
Herztropfen zu besorgen erwies sich als Kinderspiel, hatte doch die Mutter stets einen Vorrat im Badezimmerschrank herum stehen.
Beim Literatentreff ergab sich die passende Gelegenheit. Gerda plauderte mit der Prämierten über deren Roman und lobte ihn überschwänglich, dabei unauffällig die tödliche Dosis ins Rotweinglas kippend.

Am folgenden Tag waren die Zeitungen voll von der Schreckensmeldung: Marie-Anastasia Breitner, hochdekorierte Romanautorin, lag wegen eines akuten Herzanfalls im Hospital. Gerda fuhr sogleich zu ihr. Im Krankenzimmer war eine Menge Leute versammelt, Kollegen, Freunde, Kritiker; der Patientin ging es bereits besser. In einem dunkelblauen Spitzennegligé hielt sie Hof. Bei dem herrschenden Trubel fiel es Gerda nicht schwer, die bewährten Tropfen dem Traubensaft in der Kristallkaraffe auf dem Nachttisch zuzufügen.
Marie-Anastasia verstarb in der folgenden Nacht.
Gerda befand sich bei der Beisetzung unter den Trauernden.

Nun arbeitete sie fieberhaft an ihrem nächsten Werk, Adelgunde, einem Historienroman, denn die waren derzeit große Mode: die Geschichte eines frommen Ritterfräuleins, das als Geliebte des jüngsten Herzogsohnes, den die Tradition zum Bischof bestimmte, an der Unvereinbarkeit von Liebe und

Tugend zerbricht. Er gelang nicht ganz so gut wie ‚Quendelin', aber die Konkurrentin war ja ausgeschaltet.

Wieder war Preisverleihung angesagt – eine Jury hatte ihre Wahl getroffen. Wieder saß Gerda in der dritten Reihe am Eckplatz. Wieder erhielt sie den zweiten Preis. Sie war wie gelähmt.

Mit wichtigtuerischer Miene betrat der Organisator die Bühne: „Und nun stelle ich Ihnen den ersten Preisträger vor, Herrn Alois Almwaldner. Er wird geehrt für seinen Roman ‚Winterschwärze'."

Ein junger, schlaksiger Mann mit Nickelbrille und langen, dünnen, blonden Haaren stolperte aufs Podium. Er zuckte mit der linken Schulter, räusperte sich und begann heiser: „Verehrtes Publikum. Es fällt mir sehr schwer, Ihnen eine – Ihnen – hm – das Folgende mitzuteilen: Von dem Roman ‚Sommerfeuer', der letztes Jahr den ersten Preis erhalten hatte, war ich der Autor. Alle Werke, für die Marie-Anastasia Breitner Preise bekam, stammten von mir. Sie war – meine Lebensgefährtin." Er zog ein großes Taschentuch aus der Hosentasche, putzte sich umständlich die Nase, stopfte das Tuch zurück. „Zu Beginn unserer Beziehung las sie einen meiner Romane und zwar so grandios, dass ich ihn kaum wieder erkannte. Mir wurde bewusst, von ihr präsentiert würde mein Werk hervorragend ankommen. Allerdings war es unumgänglich, sie auch als Autorin herauszustellen. Dank ihrer Ausstrahlung und ihres phantastischen Aussehens" – er seufzte tief auf – „erhielten wir einen Preis nach dem anderen. Der Erfolg meiner Stücke war ihr Verdienst. Es mag nicht ganz korrekt gewesen sein, aber ich war mir sicher, dass das Publikum nichts gegen eine meisterliche Darbietung hatte. Gern bin ich bereit, meine Preise zurück zu geben, gern verzichte ich auf meine heutige Ehrung, mein einziger Wunsch ist, dass Sie

– meiner geliebten Marie-Anastasia ein ehrendes Andenken bewahren!" Seine Stimme brach, er zog das Taschentuch, wischte sich die Augen und verließ stolpernd die Bühne. Brausender Applaus.

Die einzige, die nicht in der Lage war, eine Hand zu rühren, war Gerda. Sie hörte nicht, was weiter gesprochen wurde, sie bekam nicht mit, was weiter geschah. Als das Publikum den Saal verließ, schob sie sich mit der Menge mit. Sie irrte durch die dunklen Straßen. In einer Bar ließ sie sich einen Cocktail „Sunset" mixen.

Als das Glas leer getrunken war, stand ihr Plan fest: Es gab eine Möglichkeit, berühmt zu werden, doch noch in die Schlagzeilen zu kommen, doch noch Marie-Anastasia zu übertrumpfen - sie würde einer Boulevardzeitung ihre Beichte verkaufen.

Fremde Schiffe im Hafen

Veit-Peter Walther

Sie lief, nein - sie rannte! Rannte weg von diesem primitiven Scheißkerl, den sie so hasste, weit weg von seinem perversen Blick, seinem fauligen Atem, seiner geilen Zunge, seinen gierigen Fingern und den stets klebrigen Händen.

Nur raus aus diesem Schweißgestank und Fuseldunst. Ekel würgte sie. Weg hier, weg aus dieser tränendurchtränkten Hütte. Fort auch aus dem stinkenden Drecknest am Rande der Welt.

Sie rannte durch den verfilzten Gemüsegarten, durch das verfallene, quietschende Tor, die enge, schmutzige, namenlose Gasse bis zur der Ecke, wo der Kramladen der lahmen Paulina und ihres blöden Bruders Fausto stand, bis zu eben diesem Eck, an dem die namenlose Gasse in die Hauptstrasse mündet, und sie rannte entlang der Hauptstrasse, die je nach Jahreszeit nichts anderes war, als eine staubige, oder eine morastige Lehmpiste.

Rannte am Hotel „Oreste" vorbei mit seinen zwei winzigen, verwanzten Zimmern, vorbei am Steinhaus des Magistrats und an drei windschiefen Kneipen, dem Puff von Donna Felicitas und dem einzigen, knallgelben Briefkasten dieses verfluchten Kaffs.

Den steil abfallenden Hügel rannte sie hinunter, immer entlang der dampfenden Pissrinne, in die sich alles ergoss, was Menschen, Tiere und Häuser ausschieden und was selbst die fetten, grauen Ratten nicht fressen wollten.

Quer über den lärmenden Dorfplatz rannte sie, vorbei an einem Dutzend bunter, quirliger Stände und dem ohrenbetäubenden Gebrüll der Marktschreier, die ihre Waren: Gemüse, Früchte, Leckereien, Klamotten, Spielzeug, Blech- und Plastikkram lauthals als einzigartig und spottbillig anpriesen.

Dort rannte sie mittendurch, stieß fette, alte Weiber, besoffene

Greise, stillende Mütter, unzählige nackte, kotverschmierte, heulende Kinder, braungebrannte, träge um den nächsten Fusel würfelnde Männer, beiseite.

Vorbei an den wackligen Holzbuden rannte sie, mit gegrillten Hühnern, blutigen Schafsköpfen, halbgarer Leber, triefendem Schmalzgebäck, gelben, roten, grünen, klebrig-süßen Limonaden.

Weiter rannte sie, rannte mit aufgelöstem Haar, blut-unterlaufenen Augen, keuchendem Atem, schweißüberströmt, barfuß, nur die Fetzen der Nacht am Leib. Sie ließ die Ecke des Tiermarktes mit all seinen Viechern: den Eseln, Ziegen, Gänsen, Schweinen, Kanarienvögeln, Tauben und anderem Gezappel und Gekräuche links liegen.

Als sie in den Dreck stürzte, rappelte sie sich auf, spürte keinen Schmerz, rannte weiter, obwohl sie blutete.

Sie nahm die Abkürzung durch den Friedhof, bekreuzigte sich, während sie rannte, vor dem Portal von „Santa Maria Dolorosa" mit dem goldenen Dach und noch einmal vor den schluch-zenden, schwarz verhüllten Klageweibern, hörte blecherne Fetzen eines „Ave Maria" aus einem Transistorradio.

Sie schlug noch drei Kreuze, und dabei erschauerte sie, vor dem bleichen Mädchengesicht, das ihr trotz geschlossener Augen, mit einem weißen Blütenkranz im Haar, aus dem offenen Kindersarg direkt entgegenblickte.

Und sie rannte weiter über die Kirchgasse, den Platz der Revolution, vorbei am Fischmarkt, der um diese Zeit längst geschlossen hatte, roch den durch die Sonne eingebrannten, bestialisch beißenden Fischgestank.

Sie roch die Nähe des Hafens, jetzt roch sie das Meer, und sie roch den Duft der Freiheit, sog ihn gierig in sich ein und fühlte sich plötzlich wie losgelöst.

Erstmals in ihrem jungen Leben erfasste sie ein seltsames, ein ihr unbekanntes Empfinden von Schwerelosigkeit, Freiheit und Glück, und so rannte sie wie in Trance bis zur äußersten Hafenmole, an der sie von der Dachluke ihrer Hütte hoch oben am Berg seit vielen Tagen und zuletzt vergangene Nacht, die fremden, weißen Schiffe gesehen hatte.

Und da waren sie, die fremden, weißen Schiffe, wie Spielzeug aufgereiht, nicht an der Mole, nein, sondern weit draußen auf dem Meer und sie glitzerten in der Sonne, zeichneten dünne, kräuselnde, sich auflösende graue Rauchzeichen in den Himmel.

Und sie sah, wie die fremden weißen Schiffe kleiner wurden und kleiner, bis sie endlich an dem äußersten Bogen, an dem sich Meer und Himmel vereinigen, vom Dunst der Endlichkeit verschlungen wurden. Da rannte sie weiter, über die grob behauenen Basaltklötze der Anlegestelle.

Und dann sprang sie, sprang in das Nichts, sprang hinaus in die Leere, ließ sich fallen in einem Gewirr aus Schwerelosigkeit, Freiheit und Glück, mit Fetzen der Erinnerung an „Santa Maria Dolorosa", an die schluchzenden, schwarz verhüllten Weiber, an das blecherne „Ave Maria" und das tote, weiß bekränzte Mädchen. Umspielte nicht ein sanftes Lächeln dieses bleiche Kindergesicht? Ja, das tote Mädchen lächelte. Da lächelte auch Lucia und sah, mitten im Sprung, wie zum Abschied zurück, und sie sah hoch oben am Hügel, dort, wo die Hütte dieses verdammten Mannes stand, da sah sie die lodernden Flammen in einer dunklen Rauchwolke, die steil in den blauen Himmel stieg.

Und sie lächelte ein Lächeln der Genugtuung, als sie sich erinnerte, dass sie, bevor sie losgerannt war, diesem Hurenbock, dass sie diesem Mistkerl, der in seinem Suff da lag und schnarchte, dass sie ihm mit seiner halbleeren Rumflasche wieder und wieder auf den Schädel geschlagen hatte, bis die Flasche zerbrach und das Blut spritzte, und er sie verständnislos anglotzte mit dem Blick einer zertretenen Kröte, dabei Unverständliches lallte.

Und sie lächelte ein Lächeln der Zufriedenheit, als sie sich erinnerte, dass sie, bevor sie losrannte, aus dem Schrank noch eine andere Flasche genommen hatte, das Petroleum vergoss und anzündete und wartete, bis sich die Flammen in Stuhl, Tisch und Bett verbissen und zügig die Wände hoch fraßen, und wie dieser Scheißkerl in seiner ganzen Erbärmlichkeit so lächerlich winzig verkrümmt vor ihr im Feuer lag, bevor sie die Türe hinter sich zuschmiss, verrammelte und losrannte.

Lucia lächelte ein Lächeln der Erfüllung, während sie langsam, wellenumspielt, in die Tiefe und Dunkelheit sank.

Für das Leben, nicht für die Schule lernen wir

Franziska Steinkamm

Florian hasste die naturwissenschaftlichen Fächer, besonders Physik. Entsprechend demotiviert hing er in der Schulbank und schickte seine Gedanken auf die Reise. Er versuchte zu träumen, zu träumen von einem besseren Leben, zu träumen, dass er die Monate zurückdrehen könnte und der Lebensgefährte seiner Mutter wieder so verschwinden möge, wie er aufgetaucht war. Während der Lehrer durch an die Tafel gekritzelte Formeln das Interesse seiner Schüler zu wecken versuchte, glitt ein Lächeln über das Gesicht des Schülers. Er erinnerte sich an die Zeit, als sein Vater noch lebte, an die Zeit, als er mit ihm in der Brauerei in die Geheimnisse der Braukunst eingewiesen wurde, an die Zeit, als ihn sein Vater augenzwinkernd junges Bier kosten ließ.

Ein Autounfall machte Florian zum Halbwaisen.

Nach angemessener Trauerzeit hatte die Mutter in der der Brauerei angeschlossenen Wirtsstube seinen jetzigen Pflegevater kennen und wie sie sagte, auch lieben gelernt. Es wurde von Heirat gesprochen und – vom Verkauf der Brauerei.

Am Grabe des Vaters – er besuchte es regelmäßig – schrie der Junge lautlos um Hilfe, bettelte um eine Wendung, flehte, wenigstens die Brauerei, sein Erbe, zu erhalten. Der tote Vater schwieg.

War es der Lehrer oder der Lehrinhalt, der den Jungen plötzlich aus seinem Desinteresse riss? Von der Dichte von Stoffen, insbesondere von Flüssigkeiten war die Rede und davon, dass die Dichte von Wasser den Auftrieb von Körpern ermöglicht, der einen Schwimmer vom Ertrinken rettet. Alkohol dagegen, genauer der im Bier enthaltene Äthylalkohol, verringert die Dichte und damit auch den Auftrieb.

An diesem Mittag verließ der Halbwüchsige die Schule in dem

Bewusstsein, nicht einen weiteren Tag seines Lebens mit nutzlosem, trockenem Lehrstoff verplempert zu haben.

Heute ging er überraschenderweise bereitwillig und fröhlich pfeifend seiner Mutter zur Hand, grüßte den potentiellen Stiefvater, der sich missmutig und ächzend wie selbstverständlich auf dem ehemaligen Platz des Vaters niederließ und seine Mutter anraunzte, weil sie das Bier vergessen hatte. Mit einem Blick in das schnell gealterte Gesicht der Mutter hätte der Junge am liebsten gerufen: „Mama, bald ist alles anders!" Aber er ließ es bleiben.

„Nächste Woche kommt ein Interessent für die Brauerei", brummte der Mann. Er erwartete Widerworte des Jungen – aber es kamen keine.

„Bis dorthin ist noch viel zu tun, in der Brauerei. Dieses Mal kannst du dich nicht hinter dem Rock deiner Mutter oder deinen Hausaufgaben verstecken, dieses Mal musst du helfen. Besonders die Würzpfannen und Gärbottiche müssen auf Hochglanz geputzt werden!"

„Na klar, mach ich das. Wann soll ich anfangen?"

Diese Antwort hatte der Mann nicht erwartet. Vor Sprachlosigkeit suchte er zuerst vergeblich nach entsprechenden Anordnungen.

Den ganzen Nachmittag über schuftete der Junge in der Brauerei. Er blieb auch noch, als sich sein zukünftiger Stiefvater längst ein paar Biere zur Feier der getanen Arbeit genehmigte, denn die noch anstehende Inspektion der Kessel mit Kontrolle der Maische konnte morgen erledigt werden.

An diesem Abend leuchteten die Kupferkessel wie Spiegel – selbst eine vorwitzige Fliege rutschte ab – der Boden unter den Gärbottichen glänzte honiggelb.

Auf dem Stundenplan stand Mathematik. Wieder plagte sich ein Lehrer, den Schülern die Geheimnisse der Integralrechnung nahe zu bringen. Florian träumte nicht. Unter der Bank schrieb er hastig die Hausaufgabe für die folgende, die letzte Stunde ab, als es an der Klassenzimmertüre klopfte und der Direktor ihn heraus bat. Draußen stand seine Mutter, bleich, aber nicht so zittrig und fahrig, wie er sie in letzter Zeit kannte. Sehr ruhig legte sie den Arm um seine Schultern. „Ich muss dir etwas sagen …"

„Du kannst jetzt schon nach Hause gehen", unterbrach sie der Direktor mit rauer Stimme.

„Es ist etwas Schreckliches passiert. Jochen ist tot."

Der Junge wagte es nicht, der Mutter in die Augen zu sehen. Er stierte zu Boden, versteifte seinen Körper und verschloss seine Kehle. Kein Jubellaut, kein Dankesschrei an den toten Vater durfte ihr entweichen. Verstohlen versuchte er im Gesicht der Frau zu lesen. Als er keine Spur von Tränen entdeckte, umschloss er mit seinen Jungenhänden kraftvoll ihre Hand und wagte die für ihn wichtigste Frage:

„Und – was wird jetzt aus unserer Brauerei?"

Die Mutter interpretierte diese im Angesicht des Todes scheinbar absurde Reaktion als Schockzustand. Zögernd antwortete sie: „Wir werden sie wohl nicht verkaufen, sie hat uns ja immer gut ernährt." Nach einigem Zögern fügte sie hinzu: „Es wird schon gehen, auch wenn wir die Maische aus dem größten Tank wegschütten müssen."

Sie vergaß, sich über das diesbezügliche Desinteresse ihres Sohnes zu wundern.

Im Polizeibericht war von einem bedauerlichen Unfall die Rede. Bei der Inspektion der Gärbottiche – sie sind deckellos – war der Brauer abgerutscht, in die Maische gestürzt und in ihr ertrunken. Er hatte es selbst als guter Schwimmer nicht geschafft, den durch den Äthylalkohol verminderten Auftrieb zu überwinden. Die Polizei wunderte sich zwar über die millimeterdicke, spiegelglatte Wachsschicht unter und neben den Kesseln – den gesicherten Spuren nach war der Brauer auf ihr ausgerutscht – schrieb diesen Umstand aber der Sorgfalt des Putzpersonals zu.

24

In der Nacht warf der Junge eine leere Dose Fußbodenwachs in weitem Bogen in die in der Nähe befindliche Müllkippe.

Erwachsen und jetzt selber Brauereibesitzer, ließ er besagten Kessel entsorgen und durch einen noch größeren ersetzen.

Das Wachsen der Böden verbot er.

Der Drachentöter

Udo Müller

Laut fiel die Türklappe ins Schloss. Der Mann hatte sich auf sein Lager hingestreckt und starrte zur kalkweißen Decke empor. Wieder einmal verfiel er in seinen Traum.

Siegfried war groß, blond und athletisch, bekleidet mit dunkelbraunen Lederjeans und Weste, die vorne geöffnet den Blick auf seine Brust frei gab. Nackte, muskulöse Arme schwangen eine große, jaulende Kettensäge, um sich einen Pfad durch den dichten Dschungel zu bahnen. Mit schrillem Gekreische stoben Affen und Vögel davon. Aus der Ferne vernahm er das Krachen umstürzender Baumriesen. Ein dumpfes, rhythmisches Stampfen ließ den Erdboden erbeben. Immer näher kam dieses Getöse. Plötzlich wurde über Siegfried das Laubdach mit großer Gewalt aufgerissen. Äste und Zweige prasselten hernieder. Blendend-grelles Sonnenlicht hellte für einen Moment das Halbdunkel auf. Doch kurz darauf drang von oben der riesige, Furcht erregende Kopf einer Bestie durch das Gewirr des Dschungels. Das war er also: der Thyrannosaurus maximus.

Siegfried wusste, dass seine zweite Bewährungsprobe bevorstand. Die beiden waren sich schon früher einmal begegnet, damals bei Professor Monot, dem genialen, aber Macht besessenen Wissenschaftler. Dieser gewissenlose Zwerg hatte das Monster aus fossiler Erbsubstanz zu neuem Leben erweckt. Aber nicht genug damit: Er implantierte ihm fremde Gene, die ihn zu einer Kampfmaschine machten, die ausschließlich auf die Befehle des Professors reagierte. Hart war damals das Ringen zwischen Siegfried und diesem heimtückischen Gnom, bis er ihn schließlich erledigt hatte.
Schon stark geschwächt entließ der Professor sein Geschöpf in

die Freiheit - zum Verderben der Menschheit.

Inzwischen war die Echse zu einer riesigen Bestie heran-
gewachsen, die sogar die Wipfel der Urwaldriesen überragte.
Dicke Hornplatten umschlossen ihren Körper. Bewaffnet war sie
mit großen, spitzen Zähnen, mächtigen, scharfen Krallen an
den Vorderpranken und einem mit gefährlichen Stacheln
besetzten Schwanz. Sie schien unbezwingbar. Siegfried wirkte
ihr gegenüber wie ein hilfloser Winzling. Für einen Moment wich
er zurück. Doch Flucht kannte er nicht. Sein Gesicht verriet
wilde Entschlossenheit. Mit der Strahlenpistole zielte er auf das
Monster: keine Wirkung. Wie konnte man ihm beikommen?
„Vielleicht", so schoss es ihm durch den Kopf, „ist es am Auge
oder Ohr verwundbar?"

Urplötzlich ging der Thyrannosaurus zum Angriff über. Mit der
linken Pranke versuchte er, Siegfried auf dem Boden zu
zerquetschen. Aber blitzschnell warf sich dieser zur Seite und
entging so dem tödlichen Hieb. Im nächsten Moment klammerte
er sich an den Panzer des linken Unterarms. Die Schuppen
traten rau hervor. Er hangelte sich daran nach oben. Das Tier
schlug gereizt mit dem Schwanz nach dem Angreifer. Siegfried
wich im letzten Augenblick den furchtbaren Waffen aus.
Thyrannosaurus beobachtete ihn, senkte den Kopf und seine
Zahndolche näherten sich ganz langsam und unaufhaltsam
Siegfrieds Brust. Schon spürte er die scharfen Spitzen auf
seiner Haut. Im selben Moment sprang er hinüber und landete
unterhalb des linken Auges. Sofort richtete er seine Strahlenpistole darauf. Wütend peitschte das Monster mit dem
Schwanz. Feuchte, klebrige Augenflüssigkeit rann ihm seitlich
über den Schädel. Thyrannosaurus war linksseitig geblendet.
Nun schwang sich Siegfried herum, um sich am Ohr
festzuklammern. Unvermutet entdeckte er zwischen Schulter-
blatt und Wirbelsäule eine größere Lücke im Schuppenpanzer,
nur von einer dünnen Membran überspannt. Darunter pulsierte
eine kräftige Blutader. Vielleicht lag hier die Lösung, ergab sich

eine Chance? Entlang des gezackten Rückenkammes drang er vor und warf die Kettensäge an, die laut aufjaulte, als ihr Schwert mühelos in den Körper des Tieres drang. Eine mächtige Blutfontäne spritzte aus der Arterie und ergoss sich über Siegfried. Die Bestie tobte. Siegfried hatte große Mühe, von ihr nicht abgeworfen zu werden. Doch allmählich gingen die Bewegungen des Tieres in ein Zittern über. Der Koloss sackte tot zusammen.

Siegfried sank erschöpft zu Boden. Für einen kurzen Moment war die Decke über ihm kalkweiß, gewann jedoch bald ihre blaue Farbe zurück. Nun spürte er, dass das Blut, das auf ihn geflossen war, gerann und sich wie eine zweite Haut seinem Körper anlegte. Es härtete sich zum undurchdringlichen Panzer. Endlich hatte er es geschafft: jetzt war er der Superheld: stets gegen das Böse kämpfend, stark, unverwundbar, ewig jung.

Schlüsselgeklirre dringt vom Flur herein.
„Heeeeh, Siggi!", schreit sein Zellennachbar. „Zieh endlich deine Schuhe an! Gleich kommt unser Kapo, dann steht Hofgang auf dem Programm. Reiß dich diesmal zusammen. Du weißt ja, der Kerl fackelt nicht lang und dann holen dich die Typen mit den weißen Turnschuhen wieder. Auf geht's! Bist du wieder mit der Kettensäge auf deine Alte losgegangen?"

Die richtige Seite

Renate Weidauer

Immer mal wieder stellt sich mir die Frage, ob ich den richtigen Beruf habe. Ich verfluche diese Fragerei, aber sie macht sich selbständig und beunruhigt mich. Als Kommissarin, wissen Sie, muss ich es einerseits mit den Männern aufnehmen, und das gelingt mir im Allgemeinen, andererseits – als Frau – da sehe ich eben manches nicht so wie sie, und irgendwie erwarten das auch die Kollegen, aber nie so, wie ich das selber empfinde. Es ist eine Scheißsituation! Ich muss aufpassen, dass ich in der Täterin, oder dem Täter, meistens sind es die Täterinnen, nicht das Opfer sehe. Die Tat, na ja, die ergibt sich notgedrungen aus dem verteufelten Miteinander und Gegeneinander, wo sich Schuld und Nicht-Schuld vermischen. Ich weiß dann nicht, ob ich wirklich auf der richtigen Seite stehe, von mir aus gesehen, nicht vom Gesetz her.

Ob ich tatsächlich meine Seite vertrete, mich für die „richtige" ich meine, von mir aus gesehen, einsetze? Das treibt mich um. Von wegen „Objektivität" bei den Ermittlungen! Meine Kollegen sind auch nicht objektiver, aber die hinterfragen sich nicht, oder wenn, dann so, dass es kein anderer mitkriegt. Die sind zufrieden, wenn sie den Täter oder die Täterin haben, Schluss, aus!

Dieser Lude neulich, objektiv war er das Opfer. Mirjam hatte sich schon vorher überlegt, wie sie ihn für immer ausschalten könnte, wenn er sie auch jetzt, nach der dritten Ablösungsrate, nicht würde gehen lassen. Und dieses Schwein? Nur gegrinst hat er, sagt Mirjam, aber er verlangte von ihr weitere Zahlungen, sobald sie Günther geheiratet hatte. Sie kannte seine Geldeintreiber. Und Günther hatte ihretwegen schon so viel Kredit aufgenommen, dass sie jahrelang zurückzahlen mussten. Da hatte dieser Loddel ihr fies lächelnd angeboten, sie könne weitere Raten ja bei ihm „abarbeiten".

Von dem Moment an nahm Mirjams vager Plan feste Formen an, und ich habe ihr dabei geholfen. Mit ihrer Erfahrung konnten wir es einleuchtend als Notwehr hinstellen. Die ermittelnden Kollegen hatten keine Zweifel and dieser Version. Diesmal bin ich mir sicher, dass ich auf der richtigen Seite gestanden habe.

Mirjam war eine strahlende Braut neben Günther. Blöd, dass ich, in einem Reflex, ihren Brautstrauß gefangen habe! Über mein Geschenk, eine elektrische Brotschneidemaschine, hat sie sich echt gefreut. Ist ja auch viel ungefährlicher als ein Brotmesser.
Aber das mit dem Strauß ist wirklich Scheiße. Ich will doch nicht heiraten, jetzt nicht, und ob später einmal? Hab' doch schon so genug damit zutun, im Beruf die Frage nach der richtigen Seite zu beantworten. Aber Ehe und Beruf? Da würden die Probleme gar nicht mehr aufhören, wie das mit Opfern aussieht und so. Wer ist Opfer? Und wer muss Opfer bringen? So oder so, ich habe immer ein schlechtes Gewissen. Mir reicht das jetzt schon! Meine relative Ruhe möchte ich eben nicht auch noch opfern, denn ob ich die in einer Ehe neben dem Beruf – und gar Familie – finde, ist mehr als fraglich.
Verdammt, dass das mit der richtigen Seite und den Opfern so schwierig ist! Auf der Polizeischule war alles klar, glasklar: Täter – Opfer – Gesetz – Strafe. Für letzteres sind wir nicht zuständig.
Täter – Opfer – Gesetz. Aber in der Praxis? Wenn es da auch so schön klar wäre! Ich werde auf jeden Fall weitermachen. Aber auf welcher Seite? Das sollte ich wohl von Fall zu Fall entscheiden. Und wenn ich ein schlechtes Gewissen bekomme? Muss ich eben damit leben.

Bienen

Erika Gehrke

Lord Rutherford saß in seinem Arbeitszimmer. Die hohen Fenster boten einen reizvollen Ausblick in den frühlingsgrünen Park. Einen Augenblick lang schaute er gedankenverloren hinaus und zündete sich eine Zigarette an. Als sich die Tür öffnete, wandte er sich um. Seine Gattin kam herein und nahm ihm gegenüber Platz. Sie schien irritiert.

„Während deiner Abwesenheit hat eine Spedition angerufen wegen des Abtransports irgendwelcher Bilder. Was hat das zu bedeuten?"

Er überlegte einen Moment und fragte dann: „Möchtest du die Gemälde im Treppenhaus wirklich alle behalten?"

„Natürlich!" erwiderte Lady Marcia energisch. „Es sind wertvolle Originale. Sie stammen, wie du weißt, aus dem Nachlass meines Onkels. Allein der Gainsborough ist wahrscheinlich soviel wert wie dein ganzes Schloss."

„Nun", meinte er zögernd, „ich habe sie bereits für die Auktion Ende Mai angemeldet. Wenn du so sehr daran hängst, lasse ich von meiner Nichte Kopien für dich anfertigen."

„Kopien!" stieß sie verächtlich hervor. „Ich will die Originale behalten! Ich werde nicht zulassen, dass du sie versteigern lässt, nur um deine überflüssigen Renovierungsmaßnahmen zu finanzieren. Überlege dir gut, was du tust!" Damit sprang sie auf und stürmte hinaus, ohne ihn noch eines Blickes zu würdigen. Die getäfelte Tür fiel mit dumpfem Knall hinter ihr ins Schloss.

Aufs äußerste erregt eilte sie zurück in den Gästetrakt. Unglaublich, mit welcher Arroganz und Rücksichtslosigkeit ihr Gatte sie behandelte. Um seine ehrgeizigen Pläne durchzusetzen, verfügte er rigoros und ohne mit ihr darüber zu diskutieren über das gemeinsame Eigentum. Seit dem letzten

Jahr, nachdem auch die jüngere ihrer beiden Töchter das elterliche Schloss verlassen hatte, um ihr Studium im Ausland fortzusetzen, war der Familienfriede dahin, die Stimmung gereizt, das Zusammenleben immer schwieriger geworden.

Nach einem heftigen Streit wegen der Umbaupläne des Lords, der einen Teil des Schlosses in einen Hotelbetrieb umwandeln wollte, war Lady Marcia in den Gästeflügel gezogen. Da ihr Gatte neuerdings mit Reiseagenturen verhandelte, um Schlossbesichtigungen zu organisieren, drohten ihr womöglich neue Einschränkungen. Was sollte sie tun? Wie konnte sie sich behaupten? Um sich abzulenken und die bedrückenden Gedanken loszuwerden, ging sie zu den Stallungen, zu ihren geliebten Pferden.

Der Lord hatte sich nach der kurzen Unterredung wieder in die Lektüre der „Times" vertieft. Er kannte die Einstellung seiner Gattin, ihre Abneigung gegen seine Pläne. Weibergetue! Sie würde sich wieder beruhigen. Und wenn nicht - nun, er wusste sich durchzusetzen. In Gedanken vertieft, nahm er eine Chesterfield aus seinem silbernen Zigarettenetui, zündete sie an und machte sich auf den Weg zur Pförtnerloge, wo Miss Coldridge, die Managerin einer Reiseagentur auf ihn wartete. Er hatte sie zu einer Besichtigung eingeladen, um mit ihr über Möglichkeiten zu beraten, wie das Schloss als Touristenattraktion zu nutzen sei. Nun, nachdem die Renovierung des Hauptgebäudes abgeschlossen war - sie hatte sich über zwei Jahre hingezogen und seine Finanzen ziemlich erschöpft - war es an der Zeit, Kapital daraus zu schlagen. Seine Ahnen hatten es entschieden leichter gehabt und bequemer gelebt. Tempora mutantur...

Am nächsten Morgen klingelte bei Lady Marcia das Haustelefon.
„Guten Morgen, meine Liebe!" Die sonore Stimme des Lords

klang leicht ironisch. „Darf ich kurz stören? Es geht um die künftige Nutzung des Gästeflügels."

Lady Marcia sah dieser Diskussion mit einigem Unbehagen entgegen. Es war ihr nicht entgangen, dass ihr Gemahl sich am Vortag lange und ausführlich mit dieser Reiseagentin besprochen hatte. Unter anderem war dabei auch der von ihr bewohnte Trakt, eben der Gästeflügel, eingehend inspiziert worden.

Als der Lord in ihrem Salon erschien, die unvermeidliche Zigarette in der Hand, blickte sie ihm stumm und aufmerksam entgegen. Er nahm in einem Sessel ihr gegenüber Platz, schlug die Beine übereinander und blies ein Rauchwölkchen zur Decke.

„Nun", begann er, „wie du weißt, habe ich die Renovierung mit dem Ziel durchgeführt, diese repräsentativen Räume im Tudorstil einem renommierten Reisebüro anzubieten, als Ausflugsziel im Rahmen des Sommerprogramms. Schlossbesichtigung mit Führung, ein Rundgang durch den Park, so etwas interessiert die Leute. Du wirst also schon in den nächsten Wochen hier ausziehen müssen. Ich habe das Gartenhaus für dich herrichten lassen. Es ist mit allem modernen Komfort ausgestattet und bietet ausreichend Platz, auch für deine künstlerischen Ambitionen." Er beobachtete sie kühl. Sie saß kerzengerade in ihrem Sessel und starrte ihn ungläubig an. Nach einer Weile, als sie sich wieder gefasst hatte, erwiderte sie mit eisiger Miene:

„Ein kluger Schachzug von dir, das muss ich schon sagen! Angenommen, ich gehe auf deine Forderung ein. Was springt dabei für mich heraus? Umsonst räume ich nicht das Feld! Wenigstens die Pferde möchte ich dann für mich alleine haben. Schließlich habe ich dafür gesorgt, dass sie optimal trainiert wurden. Sie haben bei den bevorstehenden Rennen gute Chancen."

„Tut mir leid, meine Liebe", wehrte der Lord ab, „ich verkaufe das Gestüt, wir können uns diesen Luxus nicht mehr leisten. Ich habe …"

„Du verkaufst die Pferde?" Entsetzt sprang sie auf. Zorn funkelte in ihren Augen. „Nein, das geht zu weit! Das wirst du nicht tun. Ich lasse es nicht zu!" Sie schüttelte den Kopf und sank auf ihren Stuhl zurück.

„Für morgen Nachmittag ist der Termin beim Notar anberaumt. Der Käufer zahlt einen guten Preis. Er übernimmt alle Tiere und beschäftigt auch die Stallburschen weiter." Ohne den Protest seiner Gattin zu beachten erhob sich der Lord und schritt zur Tür. „Die beiden Exmoorponies kannst du behalten", meinte er im Hinausgehen.

Lady Marcia saß da wie betäubt. Wirre Gedanken schwirrten ihr durch den Kopf. Schlimmer noch als die Verbannung ins Gartenhaus traf sie der Verlust ihrer geliebten Pferde. Wie konnte er ihr das antun? Ohnmächtige Wut stieg in ihr auf. Sie eilte über die Terrasse, die geschwungene Steintreppe hinunter in den Park. Mit raschen Schritten, heftig atmend, durchmaß sie den sanft abfallenden Weg. Erst im kühlen Schatten der Bäume, im Anblick der leicht gekräuselten Wasserfläche des Teiches, beruhigte sie sich allmählich. Sie nahm das sanfte Plätschern des Springbrunnens wahr, roch den würzigen Duft von Flieder und verweilte schließlich auf der Bank unter der alten Linde. Drüben, am äußersten Ende des lang gestreckten Parks, sah sie den Gärtner mit seinem Gehilfen. Er trug eine Imkerausrüstung und beschäftigte sich mit den Bienenstöcken. Versonnen verfolgte sie seine ruhigen, sicheren Bewegungen. Die Insekten umschwirrten ihn aufgebracht, doch unbeirrt von dem drohenden Gewoge und Gesumme untersuchte er die Waben in den verschiedenen Kästen. Die Bienen! Spöttisch verzog sich ihr Mund. Ja, die Bienen würden ihr bestimmt erhalten bleiben, vielleicht als einzige und letzte ihrer Liebhabereien aus früherer Zeit. Langsam und nachdenklich ging sie zum Schloss zurück.

Der nächste Tag brachte fast sommerliche Wärme. Der Park mit seinen saftig grünen Rasenflächen, unterbrochen von blühenden Sträuchern, Kastanien und dunklen Fichten, bot ein märchenhaftes Bild. Es war, als wollte die Natur alle Bedrängnis, alle trüben Gedanken verscheuchen. Im Schloss herrschte die übliche Geschäftigkeit. Die Bediensteten gingen ihren Tätigkeiten in Haus und Hof nach. Der Lord erledigte Geschäftliches in seinem Arbeitszimmer, Lady Marcia, vom morgendlichen Ausritt zurück, erteilte den Stallburschen Anweisungen und begab sich dann in den Park.

Nach dem Lunch ging der Lord, eine Aktenmappe unter dem Arm, zu den Garagen und bestieg seinen silbergrauen Bentley zur Fahrt in die Stadt. Seit der Auseinandersetzung gestern Vormittag hatte er es tunlichst vermieden, seiner Gattin zu begegnen. Nun wollte er sie vor vollendete Tatsachen stellen, durch den Verkauf des Gestüts, so wie er immer schon seine Pläne - oft gegen ihren Willen - rigoros durchgeführt hatte. Er genoss den Triumph, auch diesmal wieder seine Überlegenheit ihr gegenüber auszuspielen. Den Blick auf das graue Band der Straße gerichtet, lenkte er den Wagen in die lang gezogene Kurve vor dem Steinbruch. Fast automatisch griff seine Rechte ins Handschuhfach nach der Zigarettenschachtel. Als er sie öffnete, spürte er ein Kribbeln auf der Hand. Eine Biene! Unwillig schüttelte er sie ab. Da kroch eine zweite aus der Packung und flog ihm ins Gesicht. Erschreckt zuckte er zurück und schlug mit der Hand nach dem Insekt. Die Biene verfing sich in seinem offenen Hemdkragen - und gleich darauf spürte er den Stich! Ein brennender Schmerz durchfuhr ihn. Er geriet in Panik. Mit geöffnetem Mund schnappte er nach Luft. Sein Atem ging keuchend, seine Hände umklammerten krampfhaft das Lenkrad, in seinen Ohren dröhnte es. Ihm wurde übel, dann verlor er das Bewusstsein...
Kurze Zeit später entdeckte ein Autofahrer das Wrack des Bentley am Fuß des Steinbruchs und alarmierte die Polizei. In

dem zerschmetterten Wagen, der sich beim Sturz über die Böschung überschlagen hatte und auf dem eingedrückten Dach lag, fand man die Leiche des Lords. Eine erste ärztliche Untersuchung am Unfallort ergab, dass der Tod unmittelbar nach dem Aufprall durch Genickbruch erfolgt sein musste. Außerdem stellte man mehrere Knochenbrüche, Prellungen und Schürfwunden fest, sowie eine gerötete Schwellung im Brustbereich, offenbar von einem Insektenstich.

Da die Ursache des tragischen Unfalls nicht festzustellen war und auch keine Zeugen ermittelt werden konnten, schaltete sich die Kriminalpolizei ein. Das Fahrzeugwrack wurde geborgen. Es sollte auf eventuelle technische Mängel oder Manipulationen überprüft werden. Außerdem ordnete der Dienst habende Kriminalbeamte eine Obduktion der Leiche an. Vorerst ging man davon aus, dass der Fahrer des Wagens einen plötzlichen Schwächeanfall oder einen Kreislaufkollaps erlitten hatte.

Der Arzt und ein Polizeibeamter überbrachten Lady Marcia die Nachricht vom tragischen Unfalltod ihres Gatten. Sie erledigten die traurige Aufgabe taktvoll und schonend. Diese nicht mehr junge aber immer noch schöne und anmutige Frau erweckte ihr Mitleid. Sie wirkte so hilflos in ihrem Schmerz. Zitternd schlug sie die Hände vors Gesicht und sank schluchzend auf einen Stuhl. Der Arzt verabreichte ihr in einem Glas Wasser ein starkes Beruhigungsmittel und wies die Haushälterin an, sich um sie zu kümmern.
Als die beiden Männer gegangen waren, begab sich die Lady in ihr Schlafzimmer. Ein seltsames Gefühl überkam sie. Etwas Furchtbares war geschehen - und doch fühlte sie sich erleichtert, als hätte sie sich einer schweren, drückenden Bürde entledigt. Sie war Witwe - sie war frei! Ihr Gatte war tot. Umgekommen durch einen tragischen Unfall.

Eine Biene flog zum Fenster herein, umkreiste den Hibiscus auf dem Marmorsims und ließ sich im Kelch einer Blüte nieder. Lady Marcia lächelte. Die Bienen! Die hatte er ihr gelassen! Was für nützliche Tierchen waren doch diese kleinen, fleißigen Insekten!

Der beste Freund

Gabriele Wenng-Debert

Heute wird's passieren – es ist die letzte Möglichkeit für Holger und mich. Die Pistole ist von meinem Vater – ein verrostetes, altes Ding, grad dass ich noch Munition dafür bekam. Leicht gefallen ist er mir nicht, der Entschluss, denn ich weiß, was ich Holger damit antue.

Aber ich hab lang genug beide Augen zugedrückt, oder vielmehr sogar bewusst zugesehen, trotz meiner Eifersucht. Hab gedacht, es ist Holger wichtig, dass ich mit dabei bin. Hab gedacht, was wir beide ohne „ihn" miteinander erleben, sei für Holger das Wesentliche. Dass er merkt, dass „er" ihm nur etwas vormacht, dass „er" ein Gaukler ist, ein Weltverdreher, mehr Schein als Sein, ein Sprücheklopfer, ein Schönredner, ein Traumpfuscher, ein Maskenheini, der sich einschleimt mit psychologischen Tricks, dass er merkt, dass alles an „ihm" nur Fassade ist, dass nichts dahinter steckt als heiße Luft. Aber das scheint Holger zu reichen.

Ja, mein Mann hat einen Freund. Nicht was Sie denken. Obwohl......

Er kennt ihn schon seit Kindertagen. Ich weiß noch, wie er ihn mir vorgestellt hat. „Das ist Philip" hat er gesagt, und wir haben zu dritt einen reizenden Abend verbracht. Philip kann sehr charmant sein – der perfekte Unterhalter. Auf wirklich jedem Gebiet kennt er sich aus. Er weiß immer das Neueste. Wenn er erzählt, bekommt man feuchte Achselhöhlen oder man heult Rotz und Wasser. Oder man lacht sich kaputt. Doch, ich kann's verstehen, dass Holger fasziniert ist von ihm.

Die meisten, die Philip kennen, sind es. Es ist schwer, sich ihm zu entziehen. Vor allem als Mann. Auf Männer wirkt er noch mehr als auf Frauen. Nicht äußerlich. Da ist er eigentlich sehr schlicht und unbedeutend – man könnte ihn glatt übersehen.

Aber durch seine Ausstrahlung. Er findet instinktiv die Stimmungslage seines Gegenübers und passt sich ihr praktisch auf Knopfdruck an. Aber – seien wir ehrlich – das kann doch nur jemand, der kein Eigenleben hat, der ausschließlich durch die Resonanz seiner Umgebung existiert. Oder?! Ich hab das schnell gecheckt, aber Holger kapiert es nicht. Oder es ist ihm wurscht.

Ich kann diese Beziehung einfach nicht verstehen – so einseitig. Philip gibt schlaue Ratschläge, Holger lauscht, schaut ihn an – und schweigt. Hätte auch gar keinen Sinn, etwas zu erwidern. Philip ist eh einer von denen, die nicht zuhören können. Muss immer das letzte Wort haben. Weiß alles besser. Kennt nicht nur Hinz und Kunz, sondern die ganz berühmten Leute, Politiker, High Society usw. Das beeindruckt Holger.

Kulturell kann ich nicht mithalten. Geb ich zu. Philip nimmt ihn mit in die Oper, ins Konzert, ins Kino. Kriegt immer die besten Karten. Doch, mich lädt er auch ein. So ist das nicht. Aber ich will mal ohne Philip. Und wenn's die hinterste Reihe ist. So wie früher, mit Händchenhalten und Rumknutschen. Mit Philip geht das nicht. Ich hab immer das Gefühl, er schaut zu.
Fußball, das seh' ich ein, das ist Männersache – aber jedes Wochenende? Den Jungen hat er auch schon angesteckt. Ein Fußballspiel, gut. Die Kindermärchen, die Philip auf Lager hat, in Ordnung, ab und zu ist er als Babysitter ganz praktisch. Aber bitte nicht pausenlos. Auch den Jungen wickelt er um den Finger. Kommt aus dem Kindergarten heim und schreit nach Philip. Alleine lass ich die beiden nicht, wer weiß, was Philip ihm sonst nach alles erzählen und zeigen würde. So nett und kinderlieb er sein kann – es steckt doch auch eine ungeheure Brutalität in seinen Geschichten. Auswüchse des Grauens, manchmal kann ich das gar nicht mehr ertragen. Holger lacht und sagt:
„Ist doch alles nur Bluff."

Um Philip kommt man nicht herum. Er ist immer verfügbar, steht ständig unter Strom, ist nie müde. Mir ist das regelrecht unheimlich, ist doch unmenschlich, oder? Keine Ruhe findet man, wenn er loslegt. Eigentlich tut er nicht gut, macht Holger zunehmend nervös. Was der aber nie zugeben würde. Dabei wäre es so einfach, ihn auch mal nicht zu beachten. Und stattdessen mich anzumachen. Aber nein, Philip geht vor.

Ich hab das alles ertragen: dass er immer mehr zu einem unverzichtbaren Bestandteil unseres Lebens wurde, dass kaum mehr ein Tag ohne ihn verging. Glücklich war ich nicht dabei. Aber was soll's, es gab ja immerhin noch den Sex, den Holger mir vorbehielt. Bis dann die Bombe platzte: Ich denke, er liegt jede Nacht schön brav neben mir. Weit gefehlt: er machte mit Philip einen drauf, wenn ich eingeschlafen war. Der kennt nicht nur Promis, sondern auch Barmiezen, Rotlichttussis und Lederlolitas, die von morgens bis abends können! Und die holt er zu uns. In unser Wohnzimmer! Woher ich es weiß: eine Nachbarin hat's gesehen. Holger hatte vergessen, das Rollo herunterzulassen.

Das war der Moment, in dem mir schlagartig klar wurde, dass Schluss sein musste – er oder ich! Keine Affekthandlung, keine mildernden Umstände! Egal. Auch wenn Holger mir nie verzeihen wird, selbst wenn er geht – dann wenigstens alleine, ohne diesen Kopf- und Seelenschmarotzer.

Sie nahm die Pistole, das verrostete, alte Ding, lud und spannte sie, ging festen Schrittes ins Wohnzimmer, vorbei an Holger, der sich gerade interessiert Philip zuwandte, baute sich vor diesem auf, zielte – und drückte ab, ohne zu zögern, kaltblütig aus unmittelbarer Nähe. Ein Schuss reichte. Er war tödlich.
Die Scheibe barst in tausend Scherben. Qualm stieg auf. Der Schriftzug „Philips" fiel herab und blieb als letzte Erinnerung auf dem Berberteppich liegen. Das dürftige Innenleben aus Metall-

und Plastikteilen, Draht, Siliziumzellen stand wie ein Skelett vor ihnen.

Holger starrte sie an, fassungslos, rang nach Luft, errötete, erbleichte, sprang vom Sofa auf, ließ sich niederfallen, stierte eine Weile vor sich hin – bis plötzlich ein Lächeln sein Gesicht überzog. Er nahm sie zärtlich in den Arm – wie lange hatte er das schon nicht mehr getan – drückte ihr einen Kuss auf die Wange und flüsterte in ihr Ohr:
„Eigentlich hast du Recht, mein Schatz. Philip war nun wirklich nicht mehr der Jüngste. Und bei den paar Programmen hat sich der Kabelanschluss ja nicht rentiert. Aber jetzt können wir uns endlich einen dieser neuen Großbildschirme zulegen, am besten gleich mit Satellitenschüssel!"

Die Bibliothekarin

Renate Weidauer

Sie schob ihr Gesicht mit dem wandernden Sonnenfleck seitlich und genoss die Wärme. An den hohen Holzstoß gelehnt, hielt sie die Augen geschlossen und folgte den Strahlen, die nur durch eine größere Öffnung im Gipfelgewölbe der Bäume über der Lichtung genau auf diese geschlagenen, zugesägten Stämme fiel. Alles andere lag im Schatten, dessen Kühle sie spürte, wenn sie sich beiseite neigte. Sie sog den harzigen Duft ein, der hinter ihr aufstieg und sie umwehte.

Das Rauschen des Windes in den Wipfeln der Bäume hüllte sie ein und weckte die Erinnerung an den letzten Urlaub, an die Wellen, die bei leichtem Wind nur sanft ans Ufer spülten und zurück glitten.

Schon vor über einem Jahr hatte sie diesen Platz außerhalb der üblichen Wege entdeckt. Er war zu ihrem Lieblingsplatz geworden, den sie, so oft sie eine genügend lange Pause in der Bibliothek hatte, aufsuchte. Sie kannte jeden Schritt, jeden sich ihr entgegen stellenden Stein, jede zum Stolpern führende Wurzel auf ihrem Weg in das kühle, dunkle Wäldchen.

Hierher verirrte sich, wie sie wusste kaum je ein Wanderer oder Spaziergänger, höchstens jemand, der vom Gipfelkreuz des hohen Hügels, jenseits des Waldes kommend, die markierten Wege mied und durch das Unterholz in den Wald eindrang.

Ihr Gesicht tastete wieder nach den warmen Strahlen, und sie rückte ein Stückchen weiter, die Finger entspannt auf dem aufgeschlagenen Buch. Allmählich entglitten ihr ihre Gedanken, sie ließ sich treiben, atmete die harzduftende Luft ein, hörte verschiedene Vogelstimmen und war kurz davor, einzunicken, als sie plötzlich die mahlenden Räder und den brummenden Motor eines Autos hörte. Quietschend kam es zum Stehen, eine erregte Frauenstimme übertönte die leisen Geräusche des mittäglichen Waldes. Eine Autotür schlug knallend zu, eine weitere wurde geöffnet und nicht wieder geschlossen. Die Stimme eines Mannes, zornig, schrie: „Barbara!"

Ein heftiger, wütender Streit flammte auf, steigerte sich. Sie wollte es nicht hören, versuchte, sich die Ohren zuzuhalten. Es nützte nichts. Die lauten, hitzigen Stimmen, vor allem die hasserfüllte des Mannes, der die Frau überschrie, erfüllten den vorher stillen Wald. Sie bekam Angst, wollte nicht entdeckt werden und kroch vorsichtig in den Schattenbereich des Holzstoßes.

Plötzlich ein Klatschen, gleichzeitig mit dem Ruf der Frau: „Du Schwein, du!" und gleich danach der bösartig zischende Schrei des Mannes: „Das wirst du mir büßen, du, du, ...!"

Einen Moment hörte sie nur das Schluchzen der Frau und hastige Schritte auf dem knisternden Waldboden, dann schlug eine Autotür zu, und der Motor heulte auf. Sie hatte das Gefühl, der Boden unter ihr bebe, schrill kreischte die Frau mehrmals: „Nein! Nein!"

Das geräuschvolle Auf- und Abschwellen des hochgejagten Motors, die verzweifelten Schreie und Schritte der Frau, schließlich, nach Bremsenquietschen und wieder Gasgeben — ein dumpfer Knall, ein lang gezogener schrecklicher Schrei, der nach kurzer Zeit wimmernd in Schluchzen überging, nochmals das Geräusch des anfahrenden und sich nähernden Autos, ein leiserer Schlag, dann schien der Wagen jaulend zu wenden, stehen zu bleiben, der Motor lief im Leerlauf. Sie kam sich vor, als versuche sie sich in einem Glashaus zu verstecken. Das Schreckliche spielte sich zwar draußen ab, aber jederzeit konnte die Tür aufgestoßen werden und der Mann, das Grauen, das er verbreitete, bei ihr eindringen.

Eine Wagentür wurde geöffnet. Knirschend kamen Schritte näher, verharrten eine Weile, – sie bemühte sich, den Atem anzuhalten – entfernten sich wieder. Kleine Äste knackten, die Tür fiel zu. Dann fuhr der Wagen an, fort, das Motorengeräusch verklang allmählich, erstarb.

Still war es, sehr still, keine Vogelstimmen, auch kein Wimmern der Frau mehr. Sie wartete, eine nicht messbare Zeit lang, dann richtete sie sich auf. Ihre Hände griffen an die harzigen Schnittflächen des Holzes, es war noch warm, aber die Sonne fehlte: kein Sonnenfleck mehr, eine Wolke hatte dem Licht die Kraft genommen, oder?

Vorsichtig, langsam kroch sie hinter dem Holzstoß hervor, noch immer angsterfüllt, das Herz schlug ihr schmerzhaft in der Kehle. Sie tastete nach ihrem Stock, ihrem Buch, steckte es ein, wartete, horchte. Niemand kam, die Vögel begannen wieder zu zwitschern, als sei nichts gewesen. Ihr Platz lag jetzt völlig im Schatten, leichte Kühle umgab sie, die Mittagszeit musste – dem Stand der Sonne nach – vorbei sein. Wie lange schon? Mit tastenden, vorsichtigen Schritten machte sie sich auf den Rückweg.

Wenn nur erst der Wald hinter ihr läge! Ihr Wald, den sie bisher so geliebt hatte, ihr Zufluchtsort zum stillen Lesen, Nachdenken, Träumen. Er hatte sich verändert. Etwas war ihr geraubt worden. Sie glaubte, Gefahr lauere hinter jedem Baum, unsichtbar, ungreifbar, aber bereit, jederzeit zuzuschlagen. Die Bedrohung schien nahe, greifbar. Als sie endlich den Waldrand erreichte, hörte sie Stimmen, fragende, erregte, rufende.

„Dahinten liegt eine Frau, tot, sie kann noch nicht lange tot sein, die ist noch warm. Ich hab sie soeben gefunden, dort im Wald."

Da war sie wieder die Stimme, die schreckliche Stimme.

„Bin spazieren gegangen, da lag sie, noch warm, ich sah, dass sie tot ist, nichts zu machen. Ich bin gleich losgelaufen, hier heraus gerannt, habe eine Telefonzelle gesucht. Nein, ich habe kein Handy dabei, liegt noch zu Hause. Von der Zelle da vorn hab ich die Polizei angerufen."

Eine andere Stimme: „Und ein Auto? Haben Sie kein Auto dabei?"

„Bin zu Fuß gegangen, wie gesagt, spazieren, Mittagspause", er sprach hastig, atemlos, als sei er soeben noch schnell gelaufen.

Sie trat ein paar Schritte näher, auf die Sprechenden zu. Einer redete sie von der Seite an, eine dritte männliche Stimme erklang: „Kommen Sie auch aus dem Wald? Ja? Dort soll etwas passiert sein. Haben Sie was gesehen?"

Sie drehte dem Mann ihr Gesicht zu, wollte antworten, brachte aber kein Wort heraus. Dem Stimmengewirr entnahm sie, dass sich mehrere Männer, sicher Polizisten, aufmachten, in den Wald zu gehen.

„Nehmt genügend Absperrbänder mit!" hörte sie eine Anweisung, und „Kommen Sie, zeigen Sie uns, wo die Tote liegt!"

Und die schreckliche Stimme antwortete: „Ja, natürlich, ich gehe voraus."

Ein Sonnenstrahl traf ihr Gesicht und die Lähmung löste sich.

„Nein!" schrie sie laut, „Nein! Er darf da nicht mit hingehen! Er ist es doch, der sie getötet hat!"

„Was? „Wieso?" Das Stimmengewirr schwoll an. Einer wandte sich ihr zu.

„Was? Was haben Sie gesagt?"

„Haben Sie etwas gesehen?", fragte einer, der hinter ihr stand.

„Gesehen? Nein. Ich habe nichts gesehen. Ich bin – blind."

„Ach so, dann sind Sie als Zeugin unbrauchbar!" Hart und abweisend klang die Feststellung.

In ihre Stimme kamen Festigkeit und Sicherheit.

„Ich bin zwar blind, aber nicht taub. Ich weiß nicht, wer gesagt hat, er habe eine tote Frau im Wald gefunden. Aber die Stimme, die erkenne ich wieder. Ich war da und habe gehört, wie er sie umgebracht hat, dort hinten, im Wald. Er sah mich nicht, ich aber konnte genau hören, wie er sie, mit voller Absicht, mit seinem Auto überfahren hat, zweimal. Und erst, als er sich überzeugt hatte, dass sie wirklich tot ist, verließ er mit dem Wagen den Wald."

Einen Moment herrschte gespannte Stille, dann räusperte sich einer:

„Sind Sie sicher? Wenn Sie doch nichts sehen konnten?"„Ich weiß das, so genau, dass ich Ihnen den Hergang berichten kann. Wenn er aber jetzt mit dorthin geht, kann er seine Fußspuren verwischen oder anders deuten."

„Wir nehmen ihn sicherheitshalber erst mal fest, bis die Sache geklärt ist. Und Sie...?" er wandte sich an sie, „mir leuchtet ein, was Sie sagen. Können Sie mitkommen und uns die Stelle zeigen?"

„Ich kenne mich hier genau aus, ich werde Sie führen. Dazu brauche ich nichts zu sehen, auch nicht die Tote, ich führe Sie hin. Es genügt, wenn Sie die Leiche sehen." Damit drehte sie sich um und ging wieder in den Wald.

Die Männer folgten ihr. Eine Hand, die ihren Arm fasste, wischte sie herunter wie ein lästiges Insekt, aber rechts und links ergriffen sofort zwei kräftige Hände wiederum ihre Arme und wollten sie führen. Sie kam sich wie eine Geisel vor. Also glaubte man ihr immer noch nicht, dass sie alles miterlebt hatte.

„Nein. Bitte nein," flüsterte sie, „ich muss allein gehen, wenn ich Ihnen die Stelle zeigen soll, meine eigenen Schritte," und sie versuchte nochmals, die unerwünschte Führung abzuschütteln, die ihr dieses Gefühl des Fremdbestimmtseins, des Zweifels an ihrer Wahrnehmung vermittelte. Zögernd gaben die Finger sie frei. Die Umklammerung verschwand. Sie schritt aus.

„Ich komme sehr gut ohne Ihre Hilfe zurecht. Was andere sehen, höre ich. So höre ich jetzt zum Beispiel, dass Sie sich mit einem Tuch übers Gesicht wischen. Ist Ihnen heiß? Dort, wo die Tote liegt, ist es schattig, nur auf der Rückseite des Holzstoßes scheint mittags die Sonne. Ich bin oft dort. Da habe ich gesessen, als er sie umbrachte."

Verwirrt fragte einer ihrer Begleiter: „Gehen Sie allein in dieses dunkle Wäldchen?"

„Ja, fast in jeder Mittagspause, wenn das Wetter es erlaubt. Dunkelheit bin ich gewöhnt, mich stört sie nicht."

„Mittagspause? Wo arbeiten Sie denn?" wollte der andere wissen.

46

„Gleich hier, in der Stadtbibliothek. Ich leite die Abteilung der Braille-Bücher. Oh, Vorsicht! Hier kommen immer wieder Wurzeln, stolpern Sie nicht!"

Seltsam, dachte sie, dass ich soviel rede. Aber ich muss diese Männer überzeugen, dass stimmt, was ich gehört und ihnen dann gesagt habe. Der Täter darf nicht so einfach davon kommen, nur, weil ich ihn nicht sehen konnte. Vielleicht will ich mit meinem Reden auch verhindern, immer wieder ihre Schreie in mir hören zu müssen, diese entsetzlichen Schreie. Ich konnte ihr nicht helfen, wahrscheinlich auch niemand, der sehen kann, aber er, der Täter, soll deshalb nicht unerkannt bleiben. Allmählich ließ der dumpfe Druck in ihrem Inneren nach. Sie erreichten den Holzstoß.

Henkersmahlzeit

Franziska Steinkamm

William King prüfte vor dem Spiegel noch einmal den Sitz seiner Krawatte und machte sich anschließend auf den Weg. Es war schon etwas Außergewöhnliches vom Gefängnisdirektor persönlich zum Abendessen eingeladen zu werden. Nun so außergewöhnlich wohl auch wieder nicht! Schließlich übte er eine wichtige Funktion im Gefängnis aus. Er war der Henker – und das seit vielen Jahren. Sein Beruf war gut bezahlt und er machte ihm zudem Spaß, ganz abgesehen von der Aufgabe, die er für die Gesellschaft erfüllte. Zwar waren die Hinrichtungsmethoden in seinem Staat etwas antiquiert – Erhängen – lieber hätte William den elektrischen Stuhl bedient. Er liebte den Geruch von verschmortem Fleisch. Aber was sollte es, Hinrichten ist Hinrichten. Vielleicht ergab sich beim Abendessen mit seinem Chef auch die Gelegenheit, ihm von den verrosteten Scharnieren der Falltüre zu berichten. Sie mussten dringend ersetzt werden, um eine ordnungsgemäße Hinrichtung zu gewährleisten.
Beim Betreten des Lokals sah er seinen Chef sofort. Er unterhielt sich mit einem William unbekannten Mann sehr angeregt. Der Name des anderen war George. Die Unterhaltung stagnierte. Schweigend verzehrten die drei Männer ihr Essen – Steaks – das von William war noch sehr blutig. Beim anschließenden Whiskey räusperte sich sein Chef und sagte:
„William, Sie haben sehr lange ihren Beruf zu unserer größten Zufriedenheit ausgeübt. Aber jetzt ist es an der Zeit, dass ein junger, frischer Mann ihren Job übernimmt. George wird in Zukunft unser Henker sein."
William begriff sehr verzögert. Er durfte nicht mehr arbeiten.
„Aber, aber …?" stotterte er.
„Natürlich wird für Sie gesorgt. Sie bekommen eine gute Rente."

Williams Gehirn arbeitete fieberhaft. Er gab sich einen Ruck und streckte seinem Rivalen die Hand hin und „good luck for you!"

Freimütig erbot er sich, seinem Nachfolger den neuen Arbeitsplatz zu zeigen, selbstverständlich wäre er sehr geehrt, wenn auch der Herr Direktor …

Der Herr Direktor willigte ein. Nach dem Genuss weiterer drei Drinks, William blieb abstinent, machten sie sich auf den Weg.

In der Hinrichtungskammer war William in seinem Element. Er erklärte die Berechnung des Körpergewichts und das fachgerechte Knoten des Seiles. George schien aber bereits bestens informiert zu sein.

Zum Schluss bat William um einen Gefallen.

„Ich habe so lange hier meinen Job gemacht. Aber ich habe kein Erinnerungsfoto von meinem Arbeitsplatz. – Wenn ich schnell meinen Fotoapparat aus der Vorbereitungskammer hole, wäre einer der Herren bereit, zu fotografieren?"

Der Herr Direktor war bereit.

George erklärte sich sogar einverstanden, den Delinquenten zu spielen. Sorgfältig legte ihm William das Seil um den Hals, prüfte aus der Entfernung sein Werk und stellte sich dann zu George auf die Falltüre. Kumpelhaft legte er ihm den Arm um die Schultern.

Unter seinen Füßen knirschte es verdächtig. Als der Direktor auf den Auslöser drückte, krachte die von dem doppelten Gewicht geschundene Falltüre durch. William fand sich mit einigen Prellungen auf dem harten Steinboden wieder. Über ihm baumelte sein Rivale mit gebrochenem Genick.

Bei der staatlich festgesetzten Hinrichtung am folgenden Tag war William wieder „full in action".

Gute Fahrt, Schatz

Veit-Peter Walther

Von Beginn ihrer vereinbarten Vernunftehe an hatte Adrian Verhältnisse, meist Standby-Affären.

Anfangs ahnte Evelyn es, bald kam sie dahinter: zu viele verräterische Hinweise, häufige Überstunden, angebliche Dienstreisen, Telefonnummern auf Streichholzheftchen, fremde Düfte auf seinen Jacketts, hastiges Auflegen, wenn sie ans Telefon ging, seine verlegenen, wenig geistreichen Ausflüchte.

Seit kurzem war ihr klar: diesmal ist es keine Affäre, diesmal ist es was Festes! Adrian war ein viel zu schlechter Lügner, und er zeigte ihr offen seine Abneigung. Sie lebten nur noch nebeneinander. Seit Wochen schliefen sie getrennt. Der Rest an Vertrauen, Berührung, zeitweise aufkommenden Gefühlen, sogar der Routinesex waren aus ihrer Ehe verschwunden.

„Adrian, du benimmst dich wie ein Schwein. Wir hatten uns zwar Freiheiten zugestanden, uns arrangiert, aber zumindest den Schein gewahrt. Diesmal gehst du zu weit. Denke nur nicht, dass du so einfach davon kommst!"

Bei Adrian war es in der Tat völlig anders als bisher. Erstmals empfand er Liebe, und er wurde wiedergeliebt.

„Evelyn, hör zu, es tut mir Leid, ich weiß, es klingt banal und abgedroschen, aber es ist, als ob mich der Blitz getroffen hat. Diesmal werde ich dich verlassen, so oder so!" Die Beziehung mit Nadja eröffnete ihm eine unbekannte Welt voller Glück, Erfüllung und Leidenschaft. Er kannte nur noch ein Ziel: frei sein, ein neues Leben mit Nadja beginnen, um jeden Preis!

Evelyn wollte, für Adrian völlig unverständlich, von einer Trennung nichts wissen. Sie lachte ihn nur aus:

„Das würde dir so passen, wie stehe ich denn da, vor meiner Familie und im Verlag? Was wird mit dem Haus, den beiden Wagen? Und erst unsere Freunde? Kommt nicht in Frage,

schlag dir das aus dem Kopf, ein für allemal!"
Sie stritten andauernd, ihr Leben wurde unerträglich. Adrian war verzweifelt, er begann zu trinken, trotz seiner angeborenen Herzschwäche. Evelyn blieb eisern bei ihrem „Nein".

Wochenlang spukte es Adrian im Kopf herum, bis ihn ein Fernsehkrimi in seiner Ausweglosigkeit bestätigte: Du musst sie töten! Du musst sie töten!
Auch das „Wie" war ihm schlagartig klar. Die Bremsen würden versagen, ein Marderbiss! Perfekt! Es gab schließlich genug Marder in der Gegend.
Als freie Journalistin war Evelyn häufig mit ihrem Cabrio über lange Strecken unterwegs. Sie liebte es, flott zu fahren. Was heißt flott? Sie rast und schnallt sich nie an, einer ihrer Ticks.
Für den Maschinenbauingenieur Adrian war es ein Kinderspiel, ein Mardergebiss in Aluminium nachzufeilen. Er musste nur noch den richtigen Zeitpunkt abwarten.
Seine Chance kam schneller als erwartet. Ein Anruf aus Evelyns Verlag, schon morgen in Bertsbach eine Story zu recherchieren. Bertsbach? Ein Dorf hoch oben in den Alpen. Autobahn, Pässe, Serpentinen und seit Tagen leichter Schneefall, genau das Richtige!
„Ich geh noch mal in die Werkstatt", sagte er und verschwand in der Garage. Sein Aluminiummarder biss zweimal in die Bremsschläuche von Evelyns Cabrio. Selbst ein Marderspezialist unter den Automechanikern wird den Unterschied nicht erkennen. Bei jedem Bremsvorgang würde sich die Bremsflüssigkeit verringern, nach und nach, ja ... bis …

Evelyn wollte am späten Vormittag aufbrechen. Adrian fuhr früher als üblich. Er musste zu einem Lieferanten nach Bamberg und würde dort über Nacht bleiben.
„Gute Fahrt, Schatz" hatte er ihr zugerufen. In ihrer Verblüffung rief auch Evelyn: „Gute Fahrt, Schatz", zurück.
Evelyn trank noch eine Tasse Kaffee, rauchte eine Zigarette,

blätterte in der Zeitung, feilte ihre Fingernägel. Gepackt hatte sie schon, jetzt verstaute sie die letzten Utensilien.

Das Telefon läutet.
„Hallo?"
„Guten Morgen Evelyn ..."
„Ach Mama, jetzt hab ich wirklich keine Zeit, ... ja, mir geht es gut. Adrian auch. Vielleicht kommen wir an einem der nächsten Wochenenden. Mama, ich muss jetzt aber wirklich ..., natürlich fahr ich vorsichtig ..., nein, ich bin immer noch nicht schwanger, also Mama, Tschüss, grüß Papa von mir."

„Verdammt Evelyn, was ist denn los mit dir?" schimpfte sie vor sich hin, „sei nicht so nervös, es wird schon alles klappen."
Es hilft nichts. Sie geht noch mal auf die Toilette, bürstet ihre Haare, schneidet Grimassen in den Spiegel, streckt sich die Zunge raus, pudert die Nase nach.
Völlig gegen ihre Art überprüft sie, ob der Herd ausgeschaltet ist und alle Fenster geschlossen sind.
„Herrgott noch mal, jetzt ist auch noch der Autoschlüssel verschwunden."
Sie steckt sich die vierte Zigarette an, drückt sie nach dem ersten Zug wieder aus und sucht und sucht, und findet den Autoschlüssel. Endlich. Sie nimmt Handy und Handtasche, geht durch den Flur zur Tür. Das Telefon klingelt.
„Egal, ich bin weg."
Es klingelt. Sie verschließt die Haustüre, geht zur Garage. Es klingelt leise, es hört nicht auf, leise zu klingeln.
„So ein Mist!"
Sie geht zurück zum Haus, schließt die Haustüre auf. Es klingelt. Sie geht durch den Flur ins Wohnzimmer. Es klingelt. Sie hebt ab.
„Hallo?"
„Frau Lamers, Evelyn Lamers?"
„Ja ...?"

„Frau Lamers, gut, dass ich sie erreiche ...“

„Hören Sie Herr ...?“

„Graf, Hauptkommissar Graf.“

„Herr Graf, ich hab einen dringenden Termin, ich muss sofort losfahren.“

„Bitte, Frau Lamers, warten sie, ich muss sie etwas fragen, der blaue Golf mit der Nummer M AL 4417 ...“

„Was ist damit? Mein Mann ist mit dem Wagen unterwegs, ist was passiert? Was ist mit meinem Mann?“

„Es tut mir leid, Frau Lamers, nicht am Telefon.“

„Hören sie, wenn sie mir jetzt nicht sofort sagen, was los ist, lege ich auf und fahre weg!“

„Frau Lamers, ich wollte ..., also, ihr Mann ist mit dem Auto verunglückt, er war sofort tot, mein Beileid.“

„Um Gottes Willen. Nein, das kann nicht sein, das ist eine Verwechslung. Wie, ... wie ist es passiert?“

„Das wird noch untersucht, es ist uns unerklärlich. Kurz nach München, ein kerzengerader Streckenabschnitt, ein Brücken-pfeiler.“

„Das kann doch gar nicht sein. Kann ich meinen Mann noch mal sehen, bitte?“

„Noch nicht, Frau Lamers, es ist sehr schwierig. Es war noch eine weibliche Person im Wagen, wissen sie ...?“

„Was sagen sie? Eine Frau, nein, weiß ich nicht, leider. Adrian war dienstlich unterwegs, vielleicht eine Kollegin? Sie muss doch einen Ausweis haben, oder etwas ähnliches?“

„Das ist sehr schwierig, Frau Lamers. Es hat ein Feuer gegeben, ein starkes Feuer, sehr stark.“

„Woher wissen sie dann, dass ich ...?“

„Ein Nummernschild blieb unbeschädigt. Darf ich zu ihnen kommen? Ich könnte in zwanzig Minuten da sein.“

„Ja, ja kommen sie, kommen sie nur, ich werde da sein.“ Evelyn trinkt nacheinander Wasser, kalten Kaffee, Kognak, Orangen-saft, sie vergisst, die Zigarette anzuzünden.

Adrian ist verunglückt, tot, verbrannt. Mama hat angerufen und ich bin immer noch nicht schwanger. Was passiert jetzt mit Bertsbach und der Story?

„Gute Fahrt, Schatz", hab ich ihm noch nachgerufen."

Evelyn wählt die Nummer der Redaktion. Kein Problem, Camilla übernimmt den Job im Gebirge.

Evelyn geht ins Bad, wäscht sich das Gesicht mit kaltem Wasser, schluckt ein Aspirin und schaut lange in den Spiegel.

„Evelyn, ach Evelyn ..."

Sie geht in das Schlafzimmer, wirft sich auf ihr Bett, nimmt den drahtlosen Zweitapparat und wählt: „Bitte geh dran, bitte heb ab, bitte!"

„Kai Peters."

„Evelyn hier. Ja, ich weiß Liebling, wir hatten vereinbart: keine Telefonate. Ich kann nicht mehr warten, ich muss es dir einfach sagen: es hat geklappt, er ist tot! Wir sind frei, hörst du, wir sind frei, frei, frei! Es war noch eine Frau im Wagen, vielleicht diese Nadja? Na ja Nadja. Natürlich, ich bin mir ganz sicher, man wird nichts finden, man kann nichts finden, das ist völlig ausgeschlossen: „SELECTOL" war schließlich jahrelang sein Herzmittel! Außerdem: wir hatten Riesenglück: Alles ist verbrannt, ratze putz verbrannt! Kai, Liebling, es klingelt. Ich muss Schluss machen und ein paar Tränen auflegen. Das wird der Mann von der Polizei sein. Kai, ... ich dich auch!"

Beim zweiten Mal

Beate Alstetter

Hanna betrachtete aufmerksam sein Gesicht. Er hatte die Augen geschlossen und seine Züge wirkten entspannt. Und doch, in diesem schutzlosen Zustand, flößte er ihr plötzlich Angst ein. Waren es sein kantiges Kinn, seine leicht gebogene spitze Nase oder der Mund mit den schmalen Lippen, der sich jetzt leicht öffnete? Dieser drückte eine solche Entschlossenheit aus, die sie gleich gespürt hatte, als er sie das erste Mal küsste – heftig und fordernd. Dann hatte er ihr etwas zugeflüstert, vom siebten Himmel – beim zweiten Mal.

Gedankenfetzen jagten ihr durch den Kopf, während sie im Schein des Kerzenlichts den fremden Mann neben sich beobachtete. Warum habe ich mich nur auf ihn eingelassen? Ich kenne ihn doch gar nicht – „Robert" hat er sich nur kurz vorgestellt. Was meinte er mit „siebtem Himmel beim zweiten Mal"? Ach, ich weiß es nicht; ich weiß nur, er hat mir gefallen, sein sicheres Auftreten, sein herzliches Lachen und seine eisblauen Augen.
Sie konnte es immer noch nicht fassen, vor einigen Stunden in der Bar von seiner Erscheinung so in den Bann gezogen worden zu sein, dass sie ihn wie selbstverständlich zu sich nach Hause mitgenommen hatte. Nie hätte sie das früher getan! War es ihr momentanes Alleinsein oder ihr verletzter Stolz, weil Thomas sich von ihr getrennt hatte? Nein, sie hatte Lust, Sehnsucht nach Zärtlichkeit empfunden. Zu lange hatte sie darauf verzichtet!
Aber nun stieg bittere Enttäuschung in ihr empor; Robert war kein zärtlicher Liebhaber, er hatte den schnellen Sex gesucht – triebhaft und rücksichtslos. Sie fühlte sich gedemütigt und überlegte nur noch, wie sie diesen Mann so schnell wie möglich wieder loswerden konnte.

Je intensiver sie die letzten Stunden überdachte, desto mehr stieg Unbehagen in ihr empor. Sie nahm erst jetzt bewusst wahr, wie grob er ihre hingebungsvoll auf dem Bett drapierte Lieblingspuppe behandelt hatte – zu fest am Hals gepackt und achtlos zur Seite geworfen. Beim Blick auf den Boden meinte sie fast Würgemale an dem zarten Puppenhals zu erkennen. – Oder waren es ihre eigenen? War sie bald die Puppe? Beim zweiten Mal …?

In ihrer Erinnerung tauchte schlagartig der schauerliche Bericht über einen flüchtigen Frauenmörder auf, den sie vor kurzem gelesen hatte. In diesem Moment fiel es ihr wie Schuppen von den Augen, s i e hatte das Grauen in ihr Bett geholt. Instinktiv begann sie die Gefahr zu spüren, die von diesem Mann ausging. Würde er sie gewaltsam packen, gefügig machen, benutzen – und dann? Beim zweiten Mal …?

Kalter Schweiß stand ihr im Gesicht; gleich würden die einzelnen Tropfen in salzigen Bahnen über ihre Haut rollen und das Laken oder ihn benetzen. Nein – das durfte nicht geschehen! Leicht fuhr sie mit zitternder Hand über die feuchte Stirn, so als ob sie mit einer solchen Bewegung ihre Gedanken ordnen könnte. Alles in ihr richtete sich nur noch auf ein Ziel: R e t t u n g , wie bei einem in die Enge getriebenen Tier. Vorsichtig schob sie die Daunendecke zur Seite und versuchte, sich geräuschlos aus dem Bett gleiten zu lassen. Doch durch die sanfte Bewegung der Bettdecke erwachte Robert, nahm ihre Absicht wahr und fasste sofort nach ihrem Arm. Sie empfand den Griff wie eine eiserne Zange, die sie kalt und hart umfing. Im gleichen Moment traf sie auch sein Blick, der sie lähmte und für Sekunden in Bewegungslosigkeit verharren ließ.
„Bleib", sagte er mit frostiger Stimme und ihre Blicke begegneten sich ein weiteres Mal. Wie in einem Spiegel erkannte sie ihr eigenes Entsetzen in seinen eisblauen Augen.
„Beim zweiten Mal …", fuhr er fort, doch sie nahm den Rest

des Satzes nicht mehr wahr. Voller Panik versuchte sie sich aus seiner beinharten Umklammerung zu befreien, spürte jedoch, dass er nur noch fester zugriff, und seine andere Hand sich langsam und fordernd an ihrem Körper vortastete. Zu ihrem eigenen Erstaunen entdeckte sie aber, dass seine heftigen Berührungen einen wohligen Schauder in ihr auslösten.

Hatte sie sich doch in ihm getäuscht? Sekundenlang gab sie sich dem Wunschtraum hin, er würde ihr Verlangen nach intensiver Zärtlichkeit erfüllen. Beim zweiten Mal …?

Dann aber endete dieser kurze Hoffnungsmoment abrupt – sie spürte deutlich seine harten Hände, die sich zu ihrem Hals vorschoben. Fast fühlte sie schon den Würgegriff – und wusste in diesem Moment, sie musste sich jetzt gewaltsam befreien – sonst …

Sekunden später – ein lang gezogener Schrei – schrill und Furcht erregend! Eine Hand packt den Bronzeleuchter – ein dumpfer Schlag – Totenstille!

Folgendes erscheint kurze Zeit später in der regionalen Presse:
„Wurde Frauenmörder Robert K. selbst Opfer seiner Lust?
Beim zweiten Mal …?"

Das Foto

Brigitte Walter

„Hier können Sie nicht rein!" Breitbeinig baute sich der junge Polizist vor der geschnitzten Eichentür des stattlichen Wohnhauses auf. „Was wollen Sie da drin?"
„Ich bin die Haushälterin von Herrn Voglsang, Marga Olsund, ich wollte – " Tränen schossen ihr aus den Augen; sie suchte in den Taschen ihrer dunkelgrünen Jeans nach dem Taschentuch und putzte sich die Nase.
„Es tut mir sehr leid, Frau Olsund, herzliches Beileid! Herr Voglsang ist bereits ins Gerichtsmedizinische Institut gebracht worden. Aber weil Sie nun schon mal da sind, vielleicht hat Hauptkommissar Breitbach ein paar Fragen an Sie, gehen Sie rein." Er hielt ihr die Tür auf. Marga zog die grün karierte Kaschmirstola enger um sich, ging zögernd durch den kleinen Flur, blieb vor der Wohnzimmertür stehen, presste ihre Hände auf das pochende Herz. Dann atmete sie durch und öffnete. Ein Herr Mitte Fünfzig in schwarzer Hose und hellbrauner Lederjacke schlenderte durch den Raum, umherschauend, die Hände auf dem Rücken verschränkt. Als er Marga bemerkte, blieb er stehen: „Wer sind Sie? Ich bin Hauptkommissar Breitbach von der Mordkommission."
„Marga Olsund, die Haushälterin, ich wollte ihn sehen, aber der Polizist sagte, er – " Sie starrte den roten Fleck auf dem Perser an. Dann deutete sie mit dem rechten Zeigefinger darauf, öffnete den Mund, brachte aber kein Wort hervor. Schließlich murmelte sie: „Wer hat das getan?"
„Offensichtlich ist er erstochen worden. Näheres wird noch untersucht." Er fuhr sich mit der Rechten durch die graumelierten Haare. „Woher wissen Sie, dass er tot ist?"
„Meine Nachbarin, Frau Dahlmeier, hat mich angerufen, ich meine, erst hat sie an der Haustür geklingelt, ich hab' nicht auf- gemacht, weil – ich hab' Grippe, lag mit scheußlichen Kopf- und

Gliederschmerzen im Bett, da hat sie telefoniert, sie müsse mir unbedingt was sagen. Sie ist rüber gekommen und hat … dass …Herr Voglsang …". Marga konnte vor Schluchzen nicht weiterreden. Sie stolperte zum nächststehenden Stuhl, sank darauf nieder.

„Sie haben lange für Herrn Voglsang gearbeitet?"

„So zwanzig Jahre hab' ich ihm den Haushalt geführt." Sie schwieg, schniefte, fuhr dann fort: „Zwar bin ich gelernte Schneiderin, aber damit war so wenig verdient, dass ich zugegriffen hab', als mich Herr Voglsang bat, ihm den Haushalt zu führen. Außerdem half ich im Laden aus, wenn's viel zu tun gab. Er kam dann und sagte: ‚Frau Marga, es brennt, ich brauche Sie.' Mit dem Taschentuch wischte sie sich die nassen Augen.

„Gehört sonst jemand zum Haus?"

„Ein Lehrling, der hat aber heute Berufsschule, und freitags kommt die Putzfrau. Ich bin von Montag bis Donnerstag da, es sei denn, er braucht Hilfe, wie gesagt."

„Sie wohnen nicht im Haus?"

„Nein, ich wohne schräg gegenüber, in dem Haus meiner Eltern."

„Und was hat Ihnen Frau Dahlmeier erzählt?"

„Also, der Fahrer der ‚Confiserie C'est si bon' hat Pralinenschachteln gebracht. Im Laden war niemand. Er hat gerufen, keiner hat geantwortet. Die Tür zum Büro stand offen, da ist er rein gegangen. Das war auch leer und die Tür, die zum Wohnteil führt, auf, er hat gerufen, niemand hat geantwortet. Schließlich kam er ins Wohnzimmer, da lag Herr Voglsang auf dem Teppich, in einer Blutlache, seine Jacke, das Hemd ganz rot." Marga schluchzte. Nach einer Weile fuhr sie fort: „Der Fahrer ist raus gerannt, hat die Polizei angerufen, vom Telefon im Laden. Frau Dahlmeier wollte gerade einkaufen, deshalb hat sie alles mitbekommen. Ich hab' mir solche Vorwürfe gemacht, Herr Kommissar, wäre ich nicht wegen meiner Grippe daheim gewesen, hätte es nicht passieren können!"

Marga weinte bitterlich.

„Himmel, Frau Olsund, wenn es nicht so viele Zufälle gäbe - hat Herr Voglsang Familie?"

„Er war nicht verheiratet. Seine einzige Schwester lebt irgendwo in Frankreich, sie sahen sich selten. Er lebte für das Geschäft, das seit drei Generationen im Besitz der Familie ist. Seine Freizeit gehörte dem Segelclub. Gelegentlich hatte er eine Freundin, er war bei den Damen sehr beliebt, müssen Sie wissen, Herr Kommissar, sie sind ihm regelrecht hinterhergelaufen, schließlich sah er gut aus und war äußerst charmant, aber er wollte seine Freiheit nicht aufgeben, deshalb ist die Beziehung meistens nach kurzer Zeit in die Brüche gegangen." Mechanisch strich sie mit der Rechten über die handgewebte Tischdecke.

„Und derzeit?"

„Im letzten Urlaub auf Mallorca hat sich eine an ihn rangemacht, er nahm die Affäre aber nicht Ernst."

„Haben Sie eine Ahnung, wer ihn umgebracht haben könnte?" Wieder fährt sich der Kommissar durch die Haare.

„Herr Voglsang war ein sehr netter Mann, alle mochten ihn, er war im Gemeinderat, Präsident des Segelclubs, ich verstehe nicht, wie man so jemanden umbringen kann!"

Sie zerknüllte das Taschentuch in ihrer Hand.

„Wie gelangte der Mörder ins Haus? Es gibt keine Anhaltspunkte für ein gewaltsames Eindringen."

„Tagsüber kommt eine Menge Leute, Käufer, Lieferanten, die Türen zum Wohnteil sind nicht abgesperrt, eigentlich kann jeder rein!"

„Fällt Ihnen etwas auf, was anders ist, fehlt etwas?"
Er schaute sie durchdringend an.

Sie blickte im Zimmer umher, zuckte die Schultern:
„Die Schubladen sind alle zu, im Moment seh' ich nichts Ungewöhnliches!"

„Gut, ich glaube, es ist besser, wenn Sie sich wieder ins Bett legen, Sie sehen ja wirklich recht krank aus. Aber sicher werde ich später noch Fragen haben, ich schaue dann bei Ihnen vorbei." Freundlich lächelte er sie an.

Marga nickte: „Auf Wiedersehen, Herr Kommissar."

Sie kehrte zurück in ihr Häuschen, kochte Kamillentee und legte sich ins Bett. Und dachte nach.

Sofort war ihr aufgefallen, dass das gerahmte Bild auf dem Kaminsims im Wohnzimmer fehlte, ein Schwarzweißfoto im DIN A 4 Format, das den Zwanzigjährigen stolz unter dem Schild „Kolonialwaren Voglsang & Sohn" zeigte. Vor einem halben Jahr hatte er es ihr gezeigt: „Schau, ich habe da ein Päckchen Tausender zwischen das Foto und die Rückwand geklemmt. Wenn ich mal tot bin, gibst du es Annegret, dann kannst du ihr auch alles erzählen!"

Annegret war seine leibliche Tochter, gezeugt während einer dreimonatigen Romanze mit Susanne, der Frau des Brauereibesitzers Joseph Sandner. Niemand wusste davon, außer Marga. Und nun offensichtlich Annegret. Sie musste irgendetwas gefunden haben, irgendwelche Unterlagen. Vor einem Jahr war ihre Mutter gestorben, vor einem Vierteljahr der Vater; bei der Haushaltsauflösung war ihr anscheinend etwas in die Hände gefallen. Marga mutmaßte, dass sie ihren leiblichen Vater zur Rede gestellt hatte, woraufhin er ihr von dem Geld erzählte, das sie nach seinem Tode bekommen würde. Auf den sie aber nicht warten wollte. Annegret war eine verwöhnte Person. Ihre Ehe mit dem Sägewerksbesitzer Bernhard Birnbichler hatte sich als Fehlgriff herausgestellt - er war eben-so geizig wie reich.

Natürlich hätte Marga das dem Hauptkommissar mitteilen müs-sen, aber da wäre der Verdacht auch auf sie gefallen, da sie ebenfalls von dem Geld wusste. Und außerdem hätte er in ihrem Privatleben herumgestochert, das ihn nun wirklich nichts anging.

Mit Zweiundzwanzig hatte sie Olaf Olsund aus Bremen geheiratet, nach drei Jahren war ihr Mann mit seinem Kutter in der Nordsee untergegangen. Sie kehrte in die Heimat zurück und führte die Schneiderei ihrer verstorbenen Eltern weiter, bis sie die Haushälterin Volker Voglsangs wurde. Im ersten halben Jahr war sie mehr als das, bis zu seiner Affäre mit Annegrets Mutter. Danach kehrte er zu ihr zurück – der romantische Gefühlsüberschwang Susannes war ihm auf die Nerven gegangen. Aber Marga hatte sich inzwischen mit dem Bankdirektor Schneider aus Bachhausen getröstet. Dass sie ihn mit seiner Frau zu teilen hatte, kam ihr gar nicht so ungelegen, da sie ihre Freiheit schätzte. Zwischen Volker und ihr entwickelte sich eine tiefe Freundschaft, sie war seine Vertraute in geschäftlichen und privaten Dingen und er war für sie da, wenn immer sie ihn brauchte.

„Wenn ich sterbe, bekommst du eine anständige Rente, damit du nicht bei anderen Leuten arbeiten musst," hatte er versprochen und ihr sein Testament gezeigt. Auch deshalb schien es ihr geboten, sich bei den polizeilichen Ermittlungen zurückzuhalten.

Ihr lag daran, die Mörderin zu entlarven. Wie hatte Annegret von ihrer Herkunft erfahren? Das wollte Marga herausbringen. Dazu musste sie in die Wohnung der Birnbichlers. Bald war ein Plan gefasst.

Als sie eine Woche später wieder gesund war, sprach sie bei Frau Birnbichler vor und fragte, ob sie nicht eine Hilfe brauchen könne, da sie, Marga, nach dem Tode ihres Arbeitgebers auf das Geld angewiesen sei. Annegret zeigte sich gleich einverstanden, aber zufällig kam ihr Gatte dazu, ein hagerer Mann Anfang Vierzig mit verbitterter Miene: „Ah, Frau Olsund, das ist eine gute Idee! Meine Frau hat nicht so viel zu tun, als dass sie unser Haus nicht selbst in Ordnung halten könnte, aber mein Büro müsste dringend einmal aufgeräumt werden. Kommen Sie sobald Sie Zeit haben!" Das war nicht, was Marga beabsichtigt hatte, aber aus welchem Grund hätte sie sich weigern können?

Am folgenden Vormittag half sie Schränke leer zu räumen, Akten zu stapeln, Unterlagen zusammen zu schnüren, Regale zu reinigen. Da kam ihr ein Gedanke: „Herr Birnbichler, brauchen Sie denn alle diese Unterlagen im Büro? Könnte man nicht die alten Sachen zum Beispiel auf dem Speicher aufheben, dann wäre hier mehr Platz!"

Er schaute sie nachdenklich an: „Das ist keine schlechte Idee, bringen wir das alte Zeug auf den Speicher. Lassen Sie sich von meiner Frau irgendwas geben, womit wir die Sachen rauf tragen können."

Marga klopfte an der Wohnzimmertür, ein unwilliges „Herein" ließ sie eintreten. Annegret lag hingegossen auf dem Sofa, den vollschlanken Leib von einem rosa Nickigewand umhüllt, las kauend in einem Romanheft.

„Entschuldigen Sie die Störung, aber Ihr Gatte braucht etwas, womit wir Unterlagen auf den Speicher bringen können", bat Marga devot.

„In der Kammer nebenan ist eine Kiste mit Tragtüten, suchen Sie sich welche raus". Schon versenkte sich Annegret wieder in ihren Roman. Marga sortierte etliche passende Tüten aus, dabei stieß sie auf eine mit dem Aufdruck „Boutique Madame, Bachhausen" Die kannte sie, von außen, es war ein teurer Laden. Mit einem Dutzend Tüten kehrte sie zu Herrn Birnbichler zurück; sie füllten sie mit Papieren, trugen sie auf den Speicher und stapelten sie in einer Ecke.

„Ich werde mal den Fußboden saugen!"

Ihr Arbeitgeber hatte nichts dagegen. Sie fuhr mit der Bürste in jeden Winkel, auf der Suche nach etwas Verdächtigem – und stieß auf einen Plastikwäschekorb, in dem Bücher aufgehäuft waren. Marga wartete, bis Herr Birnbichler nach unten gegangen war, ließ den Motor des Staubsaugers weiterlaufen und wühlte in dem Korb herum. Zuunterst lag ein Tagebuch, Frau Sandners säuberlich geschriebene Aufzeichnungen.

Margas Herz hüpfte, sie schlug die Seiten um: Eintragungen von Einkäufen, Einladungen, Gartenarbeiten, Nachbarinnengesprächen, Eheproblemen – da   Volkers Name! – Annegret erzählte, dass sie im Schwimmbad Herrn Voglsang gesehen habe, der auf ihr Muttermal starrte und da sah sie, dass er genau das gleiche an genau der gleichen Stelle auf dem rechten Oberschenkel hat. Ich habe gesagt, dass Muttermale sehr häufig seien und dass das absolut nichts bedeutet, aber ich fühlte, wie ich rot geworden bin und sie ..." Marga hörte Herrn Birnbichler kommen, sie stopfte das Buch zurück und saugte weiter, bis er sagte: „So, hören wir auf mit Aktenschleppen, und Sie können auch aufhören, so sauber war es schon lange nicht mehr."
Marga war enttäuscht, aber vielleicht half ihr der Tütenaufdruck weiter.

Herr Birnbichler ließ sie die nächsten Tage Fenster putzen, Boden schrubben, Türen abwaschen und Akten absaugen. Für die folgende Woche kündigte er an, dass er sie zum Garageaufräumen brauche. Sie verfluchte ihre Idee, zumal er sie schlecht bezahlte.

Am kommenden Freitag-Nachmittag machte sie sich fein für ihren Stadtbesuch. Üblicherweise trug sie Jeans, denn Volker hatte einmal gesagt, dass sie darin aussehe wie ein junges Mädchen. Ihr Bankdirektor dagegen liebte pastellfarbene Kostüme; jedes Mal kaufte er ihr ein neues, wenn sie ihn auf seinen Dienstreisen begleitete. Volker zog sie damit auf: „Du schaust aus wie die Queen!"

Ein Fliederfarbenes zog sie nun an, dazu die schicken, leider etwas drückenden Pumps. Die rötlichbraunen Locken bändigte sie mit viel Haarspray und etlichen Klemmen.
Mit der Bahn fuhr sie nach Bachhausen. Vor der „Boutique Madame" hatte sie oft vor den verschwenderisch dekorierten

Schaufenstern gestanden, und gelegentlich eine extravagante Bluse nachgearbeitet. Sie seufzte, betrat das Geschäft. Eine Blonde in schwarzem Minikostüm schwebte auf sie zu: „Womit kann ich dienen, gnädige Frau?"

„Ich möchte einer Freundin ein Geschenk machen, einen Pullover oder eine Bluse. Sie kauft bei Ihnen ein und ich wollte Sie bitten, mich zu beraten, vielleicht wissen Sie, wie ihr Geschmack ist. Es ist Frau Birnbichler aus Altdorf."

„Es tut mir leid, wir haben so viele Kundinnen – "

„Vielleicht hilft Ihnen das weiter: Neulich war ich bei der Bank hinter ihr dran und hörte zufällig, wie sie Tausendmarkscheine verlangte <ich hab' nicht gern viel Kleingeld im Geldbeutel> hat sie gesagt."

„Ach ja", lachte die Verkäuferin, „die hat mit zwei Tausendern bezahlt, jetzt erinnere ich mich, sie kaufte ein rosa Kostüm!"

„Wunderbar", strahlte Marga, „zu Rosa passt ja vieles, zeigen Sie mir bitte mal ein paar Sachen!"

Nach einer halben Stunde war sie um zwei Hunderter ärmer, um eine dunkelblaue Seidenbluse und einen Hinweis reicher.

Auch der Zufall half ihr weiter. Als sie mit Herrn Birnbichler die Garage aufräumte, bat er sie, Mineralwasser und Gläser zu holen. Sie ging ins Haus; Annegret saß im Wohnzimmer auf der Couch und legte Patiencen: „In der Vitrine sind Gläser, im Kühlschrank in der Küche ist Mineralwasser:" Sie schaute kaum auf. Marga öffnete die Vitrine, nahm zwei Gläser und erblickte die kleine Gondel aus Muranoglas, die auf Volkers Schreibtisch neben dem Stifteköcher gestanden hatten. Diese Entdeckung versetzte ihr einen Stich; das Schiffchen hatte Susanne Sandner Volker nach ihrer gemeinsamen Venedigreise geschenkt, eine Reise, die sie unternommen hatten, als Susannes Mann für drei Wochen zur Kur gefahren war. Also wusste Annegret davon! Bei nächster Gelegenheit würde sie Volkers Gondel zurückholen.

Schon am kommenden Morgen ergab sich die Gelegenheit, Annegret war zum Friseur gegangen, Herr Birnbichler hatte

Besuch im Büro und schickte Marga heim. Sie stahl sich ins Wohnzimmer, öffnete die Vitrine und holte die Gondel vorsichtig mit einem Papiertaschentuch heraus.

„Was machen Sie da?" Annegret stand unter der Tür; vor Schreck hätte Marga fast das Glas fallengelassen. Die Frauen starrten sich an, Annegret war kreidebleich, Marga fühlte, wie sie tomatenrot anlief. „Raus!" krächzte Annegret und Marga drückte sich an ihr vorbei und eilte heim.

Die Reaktion war eindeutig gewesen: Annegret scheute sich, die ertappte Diebin zur Rede zu stellen. Aber wie sollte Marga die ganze Wahrheit erfahren? In ihrem Kopf wirbelten die Gedanken durcheinander.

Da läutete es an der Tür. Marga öffnete, Annegret schob sie zur Seite, drängte sie ins Zimmer. Aus dem Ärmel zog sie ein Messer: „So, Miss Marple, Ihre Schnüffelei kommt Sie teuer zu stehen!"

„Die Tatwaffe!" stammelte Marga.

„Richtig", bestätigte Annegret, „Und jetzt – " Sie hob das Messer.

„Wenn Sie mich umbringen, sind Sie dran, ich habe alles aufgeschrieben und sicher hinterlegt!"

Margas Stimme überschlug sich fast.

„Was haben Sie aufgeschrieben?" Das Messer sank ein wenig.

„Dass Sie raus gebracht haben, dass Herr Voglsang ihr leiblicher Vater ist, dass er Ihnen gesagt hat, dass Sie Geld von ihm bekommen würden, aber erst nach seinem Tode, dass Sie ihn deshalb erstochen und das Foto mit den Tausendern geklaut haben!" Marga bewegte sich im Zeitlupentempo von der Angreiferin fort.

„Er wollte mir überhaupt nichts mehr geben, weil ich ihn erpresst habe. Aber ich brauchte das Geld, denn ich will mich mit meinem Freund absetzen. Und das werde ich auch tun, darauf können Sie sich verlassen!"

Sie wollte zustechen, Marga wich zur Seite aus, versuchte Annegrets Arm nach hinten zu drehen, es gelang ihr nicht; sie trat mit den Füßen nach ihr, das Messer schlitzte ihren rechten Blusenärmel auf, der sich rot färbte, was Marga von ihrer Widersacherin ablenkte, die zum Stoß ausholte …

Es läutete, die Haustür knallte an die Wand, eilige Schritte, Hauptkommissar Breitbach und sein Assistent, ein langer junger Mann mit Pistole, standen im Zimmer: „Frau Marga Olsund, ich verhafte Sie wegen des Verdachts, Herrn Volker Voglsang erstochen zu haben!"
Die Frauen starrten den Kommissar an, Marga schüttelte verständnislos den Kopf: „Mich? – Hier ist die Täterin, gerade wollte sie auch mich umbringen, da sehen Sie!"
Hauptkommissar Breitbach starrte zurück.
Salvermoser riss ein Taschentuch aus seiner Jackentasche, stürzte auf Marga zu, wickelte es um ihren Arm:
„Hat schon aufgehört zu bluten, ist nur ein Kratzer," meinte er beruhigend.
Annegret presste die Lippen aufeinander, ließ langsam das Messer sinken. Dann stampfte sie mit dem Fuß auf und schrie:
„Verdammt, verdammt, verdammt, der Teufel soll dich holen, widerliche Schnüfflerin, verdammte!"
Als sich der Hauptkommissar von seiner Überraschung erholt hatte, räusperte er sich: „Frau Birnbichler, ich verhafte Sie wegen des Verdachtes, Herrn Volker Voglsang ermordet zu haben, Herr Salvermoser, bringen Sie Frau Birnbichler zum Wagen. Frau Olsund, es tut mir wirklich leid! Darf ich Sie bitten, mich auf das Kommissariat zu begleiten? Wir müssen ein Protokoll aufnehmen!"
„Wie kamen Sie nur dazu, mich zu verdächtigen?" Wütend schaute Marga den Kommissar an.
„Sie hatten schließlich ein Motiv: Eifersucht!"
„Eifersucht? Ich hatte mal ein Verhältnis mit Herrn Voglsang, ja, vor zwanzig Jahren!" Sie schnaubte verächtlich.

„Eine Freundschaft ist oft tief greifender als ein Verhältnis; Sie waren der Mensch, der ihm am nächsten stand. Und jetzt wollte er Frau Turgos heiraten!"

„Heiraten? Frau Turgos? Die Inhaberin der ‚Confiserie C'est si bon'? So ein Blödsinn, das ist absolut lachhaft!"

Sie machte eine wegwerfende Handbewegung.

„Das Aufgebot war bereits bestellt, für die Hochzeit am 15. August!"

Marga starrte ihn an, machte den Mund auf, schloss ihn wieder. Sie atmete schwer: „In drei Wochen. Nein, das wusste ich nicht. Ich komme gleich, hole mir nur eine Jacke." Langsam drehte sie sich um und ging nach oben ins Schlafzimmer. Zutiefst schockiert sank sie auf ihr Bett: „Heiraten – dieser Mistkerl, dieser vermaledeite! Recht geschieht's ihm!" Vom Nachttisch nahm sie das Foto, das sie und Volker bei einem Sommerfest zeigte, aus dem Silberrahmen, und zerriss es in kleine Fetzen. Dabei fiel ihr Blick auf die pralinengefüllte Porzellandose, die daneben stand. „Deshalb hat er mir in letzter Zeit bei jeder passenden und unpassenden Gelegenheit das Zeug geschenkt." Sie hob die Dose hoch, um sie auf dem Fußboden zu zerschmettern, hielt jedoch auf halber Höhe inne, „jetzt kriegst du ihn auch nicht mehr, du mannstolle Zuckerpuppe!" Sie stellte sie wieder ab und zerbiss grimmig eine Walnusspraline.

Der Hocker

Franziska Steinkamm

Emil floh auf den Balkon, floh vor der klirrenden, keifenden, mit Vorwürfen geschwängerten Stimme seiner Frau. Ruhe – nur ein paar Minuten Ruhe! Erholung für sein gequältes Trommelfell und sein belastetes Gehirn!

Seine Hände krallten sich um die Balkonbrüstung. Weiß zeichneten sich die Knöchel ab. Frieden! Frieden! Nichts mehr sehen, nichts mehr hören müssen. Er starrte die zehn Stockwerke nach unten. Nur ein paar Sekunden gnadenloser Angst – und alles wäre vorbei. Frieden für immer!

Während er sein steifes Bein schwerfällig über die Brüstung schob, fiel sein Blick auf den uralten Bürohocker – er diente nur mehr als Leiterersatz – in der Ecke unter dem Vogelhäuschen, das von seiner Frau das ganze Jahr über bedient wurde. Seine einst glänzenden Rollen an den Beinen hatte der Rost festgefressen.

Frieden? Vielleicht gab es einen besseren Weg, diesen Zustand für immer geschenkt zu bekommen. Emil schlich in die Wohnung zurück, zerteilte das Stakkato der Vorwürfe und holte sich Ölkanne und Schmirgelpapier. Sehr liebevoll schmierte und rieb er die Rollen frei bis sie das Licht widerspiegelten. Lautlos und spielend glitt der Hocker über die Balkonfliesen. Emil stellte ihn sehr behutsam in die verstaubte Ecke zurück. Sein Gesicht glänzte vor Zufriedenheit.

Er blickte auf seine Armbanduhr und nickte. In der Wohnung zurück, versuchte er, sich geschäftig zu zeigen.

Die Tüte mit den Sonnenblumenkernen in der Hand strebte seine Frau dem Balkon zu.

„Kommt, ihr lieben Vögelchen", flötete sie, „Mami, bringt euch zu essen!"

Ach, wenn sie nur ein einziges Mal so freundlich und liebevoll mit ihm gesprochen hätte …!

Sie legte die Tüte mit den Kernen sorgfältig auf die Balkonbrüstung unter das Vogelhaus und bestieg mit kraftvollem Schwung den alten nutzlosen Hocker.

Emil hielt sich die Ohren zu. Den letzten Schrei seiner Frau wollte und konnte er nicht hören.

Der Hocker prallte an das Geländer der gegenüberliegenden Balkonseite. Der Gehsteig – zehn Stockwerke tiefer – färbte sich langsam aber unaufhaltsam rot.

Blut ist dicker als Wasser

Udo Müller

Beim Bummel durch die Kneipen des Städtchens war Karl in diese finstere, verräucherte Kaschemme geraten, und traf auf seinen Sohn, der sich dort gerne herumtrieb. Nach einer kurzen Begrüßung zogen sie sich zurück an einen Tisch in einer Nische, die etwas Schutz vor dem Dröhnen der Stereoanlage bot.

Karl kam gleich zur Sache:

„Was, nur elf Monate wirst du eingesperrt? Das Doppelte hätten sie dir aufbrummen sollen! Schon zum zweiten Mal wegen Körperverletzung verurteilt! Jetzt ist auch noch die Bewährung vom ersten Urteil futsch. Einen Kriminellen habe ich aufgezogen. Schämen muss man sich."

Karls Gesicht schien weniger Verachtung denn Schadenfreude auszudrücken.

„Du, und mich aufgezogen! Dass ich nicht lache. Die Mamm hast' mit drei kleinen Kindern sitzen lassen. Und den Unterhalt bist auch oft schuldig geblieben. Dieser dämlichen Susanne bist hinterher scharwenzelt und hast sie dann auch noch geheiratet."

Karl zuckte mit den Schultern:

„Ja mei; wo halt die Liebe hinfällt."

„Du, und Liebe. Weißt du denn überhaupt, was Liebe ist? Ihr Haus und das Bauland hast geliebt. Das hast du für deine schmutzigen Grundstücksgeschäfte gebraucht."

Karls Gesicht verzerrte sich zu einer spöttischen Grimasse:

„Ich war immer reell."

„Reell, reell!", spottete Stephan. „Du hast immer schon damit angegeben, wie clever du bist, und wie du deine Geschäftspartner über den Tisch ziehst. Und wenn du zu viel Bier und Schnaps intus hast, prahlst du damit, wie du alle Bauämter im Umkreis bestichst."

„Wer gut schmeert, der gut fährt", erwiderte Karl. „Aber ich habe noch keinen einzigen Prozess verloren. Erwischen lassen habe ich mich nie. Ich frage mich nur, woher du deine Dummheit hast und dazu noch diese Brutalität; von mir ganz bestimmt nicht."

„Ich weiß selber, dass ich leicht reizbar bin und schnell zuschlag'. Das tut mir hinterher auch immer leid", verteidigte sich Stephan. „Aber du bist viel schlimmer: hinterhältig und gewissenlos. Ja es stimmt: du bist gerissen. Selbst als du damals deine eigene Frau, die Susanne, umgebracht hast, bist du sauber aus der Sache raus gekommen."

Karl zuckte zusammen. Für einen Moment verschwand sein Grinsen, doch schnell gewann er die Fassung wieder. Sie saßen einander gegenüber und musterten sich. Ihr Äußeres war so unterschiedlich, dass man sie kaum für Vater und Sohn halten könnte. Stephan war groß, gut gewachsen, sportlich. Das gebräunte, markante Gesicht wurde beherrscht von der vorspringenden Nase und den schmalen, weit nach hinten reichenden Lippen. Mit den ausgedehnten Geheimratsecken erinnerte sein Kopf an den eines Raubvogels. Verstärkt wurde dieser Eindruck durch stechende, lebhafte Augen.

Der Vater hingegen war klein und schmächtig, sein aufgedunsenes, gerötetes Gesicht zeigte fast immer einen Ausdruck von Überheblichkeit. Der graue Anzug, den er stets trug, passte zu seiner unauffälligen Erscheinung.

Karl trommelte nervös mit den Fingern auf die Tischplatte. Bald verlangsamten sich die Bewegungen. Er hatte sich wieder in der Gewalt. „Wie kommst du denn auf die Schnapsidee, dass ich die Susanne umgebracht hätt'? Dafür hatte ich sie viel zu lieb. Das wissen alle Leute. Du musst nur fragen!"

„Ja, ja die Leute", entgegnete Stephan. „Immer, wenn jemand dabei war, hast du ihr schön getan und sie angegurrt wie ein Täuberich, aber daheim hast' ihr die Hölle heiß gemacht."

Stephans Augen waren starr auf den Vater gerichtet, wie bei einem Raubtier vor dem Sprung. „Sie ist an Asthma gestorben. Ich hab' mich erkundigt: Die Krankheit kommt auch vom Kopf, wegen der vielen Aufregungen. Wie du mir erzählt hast, hat dir das der Doktor gesagt. Daraufhin hast du die Susanne immer mehr schikaniert, damit die Krankheit schlimmer wird. Zum Schluss konnte sie sich nur noch mit ihrer Spraydose und starken Medikamenten am Leben halten. Das hast du gewusst. Du hast sie umgebracht, um auch noch den Rest ihres Vermögens an dich zu reißen."

„Blödsinn", fiel ihm sein Vater ins Wort. „Bei uns im Moos gibt's halt viel Feuchtigkeit und Nebel. Das hat sie krank gemacht."

Wieder schlich sich dieses breite Grinsen in Karls Gesicht. „Ich habe mit Susannes Tod nichts zu tun" erklärte er. „Du weißt doch ganz genau, dass die Kripo da war und alles sorgfältig untersucht hat. Nichts gefunden! Und du tust so, als wüsstest du mehr."

„Tu ich auch!" platzte es aus Stephan heraus.

Karl lehnte sich genüsslich zurück und wandte sich amüsiert an seinen Sohn:

„Da bin ich aber gespannt."

„Ich weiß es vom Postboten, dem Alois" erklärte Stephan. „Der hat die Susanne tot vor der Haustür gefunden. Sofort hat er die Polizei benachrichtigt, die bald eintraf. Dann musste er noch auf die Kripo warten, die ihn verhörte und in seinem Beisein den Fundort inspizierte. Susanne ist vor der Haustüre zusammengebrochen und gestorben, ihr Gesicht blau angelaufen. Die rechte Hand umklammerte eine leere Spraydose. Daneben lag ihre Handtasche, offen. Einige Sachen waren heraus gefallen und lagen verstreut herum."

Stephans Kinn schob sich weit nach vorne. Ihm schien jedes Wort auf der Zunge zu zergehen. „Die haben aber keinen Schlüsselbund gefunden. Ist das nicht komisch? Was meinst denn du dazu?"

„Du kannst mir keine Angst machen. Sie hat den Schlüssel halt vergessen. So einfach ist das."

„So einfach ist das aber nicht", widersprach Stephan. „Die alte Huber Anna hat mir nämlich was erzählt, was dich bestimmt interessieren wird. Als das damals passierte, war sie im Garten beim Ausgrasen. Durch die Hecke hat sie gesehen, wie du aus dem Küchenfenster gestiegen und schnell in dem Wäldchen hinterm Haus verschwunden bist. Das war kurz bevor man Susanne fand. Der Huberin ist das komisch vorgekommen. Deshalb habe ich ihr etwas vorgelogen, damit sie beruhigt war. Zum Glück ist sie ein bisschen dumm. Aber mir fiel es wie Schuppen von den Augen."

Diesmal trommelte Stephan provozierend mit den Fingern auf der Tischplatte. „Jetzt werd ich dir einmal erzählen, wie alles abgelaufen ist: Die Susanne will weggehen, weil sie etwas erledigen muss. Das ist die Gelegenheit, auf die du gewartet hast. Heimlich tauschst du in ihrer Tasche die volle Spraydose gegen eine leere aus. Dann versteckst du ihren Schlüsselbund. Sie sucht ihn, doch du versicherst ihr, dass du daheim bleiben und auf sie warten wirst, und sie nur zu läuten braucht. Sie geht. Bald darauf musst auch du nach dem Plan, den du dir zurechtgelegt hast, ohne gesehen zu werden, das Haus verlassen. Der Weg durch die Eingangstür kommt nicht in Frage, da die Vorderfront von der Strasse her voll einsehbar ist. Also steigst du hinten durchs Küchenfenster. Du treibst dich erst noch etwas in der Gegend herum, bis die Kripo da ist. Dann kommst du von der Strasse her zurück, spielst den Ahnungslosen. Deine Rechnung ist aufgegangen. Du mimst den Verzweifelten und brichst in Weinkrämpfe aus. Alles nur Theater! Alles nur Krokodilstränen!"

Karl saß wie erstarrt da.

„Hast du über die Sache mit der Polizei gesprochen?" flüstert er

„Nein!"

"Willst du mich erpressen?"

„Nein! So ein Dreckskerl bin ich nicht."

„Und warum zeigst du mich dann nicht an?" fragte Karl irritiert.

Stephan lehnte sich über die Tischplatte.

„Du bist", erwiderte er „immerhin mein Erzeuger. Ohne dich würde ich nicht hier sitzen. Blut ist halt dicker als Wasser."

Fünf Tage später: Karl geht zum Briefkasten, früher als sonst. Er nimmt die Zeitung heraus. Schon auf dem Weg zur Küche schlägt er den Lokalteil auf. Er setzt sich an den Frühstückstisch. Ja, da steht es: „Tote im Fluss. Eigentlich wollte ein Ehepaar die ersten warmen Strahlen der Frühlingssonne in den Flußauen genießen. Stattdessen machte es eine makabre Entdeckung. Eine Frauenleiche hatte sich im Rechen des Wasserkraftwerks verfangen. Bei der Toten – das ergaben die Untersuchungen der Polizei - handelt es sich um die 76-jährige Anna H. Die Ermittler gehen davon aus, dass die Frau am Tag vorher in den an ihrem Grundstück vorbei fließenden, wegen der Schneeschmelze Hochwasser führenden Bach gestürzt und ertrunken ist."

Noch zweimal liest Karl den Bericht, schenkt sich Kaffe ein, bestreicht eine Semmel mit Honig. Sein Leben ist in Ordnung.

Nur wenige Minuten später klingelt es an der Haustür. Karl öffnet. Davor stehen eine Polizistin, ein Polizist und ein Kriminalbeamter, der ihm seinen Dienstausweis entgegen hält.

„Sind Sie Herr Karl Wiesmeier? Dürfen wir auf ein paar Fragen hereinkommen?"

„Freilich", erwidert Karl.

In der Wohnküche bietet er ihnen Platz an. Doch nur der Kriminalbeamte macht davon Gebrauch.

„Herr Wiesmeier!", beginnt der Kommissar „was wissen Sie über den Tod von Anna Huber? Haben Sie vielleicht gesehen, wie sie ins Wasser gestürzt ist?"

„Ja mei," entgegnet Karl, „der Bach hat halt Hochwasser gehabt, und da ist sie hineingefallen. Sie war ja schon eine alte Frau."

„Woher wissen Sie das?" fragt der Beamte.

„Hier steht's doch in der Zeitung. Ich selbst hab' nichts bemerkt."

„Der Zeitungsbericht ist veraltet" erklärt ihm sein Gegenüber. „Dem Gerichtsmediziner sind Würgemale am Hals aufgefallen. Die Autopsie ergab, dass der Tod durch Erwürgen herbeigeführt wurde."

„Was für ein Schuft", ereifert sich Karl, „kann so eine liebe Frau, die niemals einer Fliege etwas angetan hat, umbringen? Nur schad', dass wir die Todesstrafe nicht mehr haben. Bei so einem Kerl sag ich nur: Rübe ab!"

Der Kriminalist mustert ihn genau. Nach einer kleinen Pause fährt er fort: „Herr Wiesmeier! Vorhin habe ich an Ihrer Garderobe einen braunen Kamelhaarmantel gesehen. Gehört der Ihnen?"

„Ja!?"

„Ein solches Kleidungsstück hat heutzutage Seltenheitswert. Haben sie ihn auch am Todestag der Frau Huber getragen?"

„Weiß ich nicht mehr. Warum fragen sie?" will Karl wissen.

„Wir haben einige Kamelhaare, braune Kamelhaare, am Silberarmband der Toten gefunden. Ist das nicht ein Zufall? Herr Wiesmeier! Haben Sie den Tod von Anna Huber herbeigeführt."

„Das lass ich mir von Ihnen nicht gefallen. Ich werde mich bei Ihrem Chef beschweren. Nur weil mein Sohn, dieser miese Typ, bei Ihnen schön Wetter machen will, hat er mich beschuldigt. Der ist kriminell. Das wissen Sie doch auch."

Der Kommissar stutzt: „Was hat denn Ihr Sohn damit zu tun? Frau Obermeier, die Tochter von Anna Huber, hat uns auf Ihre Spur gebracht. Vor einer Woche wurde sie von ihrer Mutter angerufen und die hat ihr erzählt, dass sie sich von Ihnen, Herr Wiesmeier, bedroht fühlt. Irgendwie schien ihr, dass dies mit dem Tod Ihrer Frau Susanne zusammenhängt, aber das werden wir auch noch herausfinden."

„Dummer Weibertratsch", entgegnet Karl.

„Mir fällt noch etwas auf" fährt der Kriminalist fort. „Sie haben Kratzer auf der linken Seite im Gesicht. Woher kommen denn die?"

„Herr Kommissar! Meine neue Freundin kommt aus Pilsen. Sie ist sehr temperamentvoll. Ich nenne sie daher gern mein tschechisches Wildkätzchen. Die hat mich wieder einmal gekratzt."

„Sie Glückspilz! Na ja, Sie sind halt ein attraktiver Mann. Sagen sie einmal, Herr Wiesmeier, welche Blutgruppe haben Sie?"

„Null positiv. Warum?"

Ein flüchtiges Lächeln huscht über das Gesicht des Kommissars. Bedächtig erhebt er sich, wendet sich Karl zu. „Stellen sie sich vor, bei dem Opfer wurden Blutreste unter den Nägeln der rechten Hand gefunden. Und zwar Null positiv. Herr Wiesmeier, sie werden verdächtigt, Anna Huber getötet zu haben. Packen Sie ein paar Sachen ein. Wir werden Sie in Untersuchungshaft nehmen."

Karl zuckt zusammen. Er spürt, die Falle ist zugeschnappt, kein Entrinnen möglich.

„Gewonnen, Herr Kommissar! Alle Beweise auf ihrer Seite. Ja!!! Ich hab die alte Hex um die Ecke gebracht. Sie wusste zuviel. Nur eine Frage noch: Hat mein Sohn mich wirklich nicht verpfiffen?"

"Nein."

"Der ist ein Pfundskerl, der hat mich nicht verraten. Blut ist eben doch dicker als Wasser."

Das Festessen

Renate Weidauer

„Das hat geschmeckt", sagt Georg und schleckt den Rest Erbseneintopf vom Dosenrand.

„Jetzt noch einen Schnaps und eine Zigarette, dann stimmt wieder alles", sagt er noch und lacht laut.

Dann senkt er den hündischen Blick und jappst, während ihm der Geifer aus dem Maul tropft.

„So hätte es der Herr gemacht. Sein Erbseneintopf – Nachspeise, sozusagen – war lecker. Gut, dass er die Dose geöffnet hatte."

Georgine lässt sich röchelnd auf den Boden gleiten, wie ein um umfallender Sack, bettet den dicken Bauch zur Seite und streckt alle Viere von sich.

„Ja, ja, der Herr und der Schnaps! Der hatte sein Fleisch gut gebeizt und der Rauchgeschmack der vielen Zigaretten tat ein Übriges, ein schmackhaftes, mürbes Stück Fleisch aus ihm zu machen", jault Georg zufrieden und legt sich, knurrend vor Wohlgefühl und Sattsein, neben seine Gefährtin.

So verbringen sie den halben Tag – ein solches Herrchen ist eben nicht leicht zu verdauen. Seine Knochen hatten sie im Wald vergraben, bevor sie heimgekehrt waren zum Erbseneintopf. Der stand vorbereitet auf dem Tisch in der Küche. Allein kehrten sie zurück, ohne ihr Herrchen, das mit ihnen nur hatte in den Wald Gassi gehen wollen, mit ihnen, seinen beiden großen Rottweilern, die er liebte und die ihn zum Fressen gern hatten.

Nach Stunden erhoben sich die beiden und schlichen – noch immer satt und zufrieden – ins Wohnzimmer, das sie bisher nie hatten betreten dürfen. Die Klinke nieder zu drücken, war kein Problem für sie.

Als sie eintraten, fanden sie an der Wand ein herrliches Bildnis ihres Herrn hängen, so wie sie ihn zuletzt gesehen hatten, in all dem Zauber seiner köstlichen Jugend und Schönheit.

Mischwald

Veit-Peter Walther

Feingliedrige, schwarze Ameisen erkunden, ruhelos auf Nahrungssuche, emsig die Umgebung ihres Baus.

Herbstliche Sturmböen, Ausläufer eines atlantischen Tiefs, pressen die hohen, an ihren Spitzen dürftig bewachsenen Fichten gnadenlos zu Boden. Die mächtigen Rotbuchen lassen dagegen nur an sich zerren. Kälte hat sich über den Wald gelegt, durchdringend und klamm, dazu Nässe nach einem heftigen Schauer.

Zielstrebig erklettern Ameisen den unter den Büschen liegenden, fremden Koloss.

Im Bahnhofsviertel der großen Stadt nennt man ihn Taco. Wohl wegen seiner eher schmächtigen Statur, gibt er sich brutal und rücksichtslos. Taco ist im Bahnhofsviertel gefürchtet, man hasst ihn.

Die Ameisen sind zurück im Bau, signalisieren ihren Fund, alarmieren ihr Volk.

Den Albanern ist Taco schon lange ein Dorn im Auge. Er hält sich nicht an die Absprachen, missachtet die Reviergrenzen. Er ist anmaßend, lästig und gefährlich. Ausgerechnet Eva, sein bestes Pferdchen, lockt Taco eines Abends in das Hinterzimmer des Saunaclubs. Dort warten die Albaner. Im Dunkeln warten sie und jagen ihm zwei Kugeln in den Rücken. Neun Millimeter.

Noch in derselben Nacht fahren sie ihn weit hinaus. Mitten in den Staatsforst vor der großen Stadt. Laden ihn ab, abseits der Wanderwege. Im dichten Gestrüpp werfen sie ihn weg. Nackt, einfach so.

Der riesige Ameisenstaat brodelt, setzt sich in Bewegung. Ein gewaltiges, geordnetes Chaos, eine lebende Straße wälzt sich in kürzester Zeit zur Futterstelle.

Schwer verletzt und hilflos liegt Taco in der Nässe und Kälte des Waldbodens. Inmitten eines Gewirrs dorniger Ranken, feuchter Mooskräuter, Brennnesseln und Wurzelwerk. Er kommt zu Bewusstsein. Er ahnt, ungläubig erst, dann verwundert, zuletzt begreift er entsetzt: „Scheiße, jetzt ist es aus! Verdammte Albaner, nicht mal genau schießen könnt ihr". Auch Eva verflucht er, die miese kleine Nutte, die ihn so gelinkt hat.

Ein grässlicher Schauer voller Angst und Verzweiflung überkommt ihn. Die Ameisen! Tacos fürchterliches Geschrei verliert sich, zu gebrülltem Grauen gesteigert, ungehört im nächtlichen Mischwald. Es wird schwächer und leiser, endlich verstummt es.

Die nächtliche Stille kehrt zurück. Nur das Ächzen und Knarren, das Rauschen, Wiegen und Wispern, die ewig währende, vertraute Waldsymphonie schwebt in der Luft. Eine aus dem Schlaf aufgeschreckte Ringeltaube stimmt ein mit ihrem durchdringenden „ru-ku-ku, ru-ku-ku".

Unzählige Ameisen überfluten Taco. Ätzende Säure färbt seine geschundene, aufbrechende Haut in leuchtendes Scharlachrot. Die Ameisen verbeißen sich, schneiden Faser um Faser aus seinem noch lauwarmen Fleisch. In die Öffnungen seines Körpers dringen sie ein. In seinen Mund, in die Tiefe seines Rachens, unter die Augenlider, in die Ohrmuscheln. Unaufhaltsam, tief in sein Innerstes. Ohne Gnade fallen die Ameisen auch über zahlreiche Schnecken her, die sich an dem wohlriechenden Leib festgesaugt haben. Fetzchen um Fetzchen wird zum Bau geschleppt, die unersättlichen Mäuler der Larven werden gestopft. Immer und immer wieder kommen die Ameisen zurück, ununterbrochen. Auch ein Igel schmatzt.

So vergeht die erste, tödliche Nacht. Lange Tage und Nächte folgen. Eine Woche unermüdlicher, gründlicher und gespenstisch lautlos gefräßiger Arbeit. Kalt ist es geworden, so bitter kalt, dass Wanderer, selbst die abgehärteten Waldarbeiter, diese frühe Winterkälte und den Mischwald meiden.

Der zweite November ist angebrochen. Die Nacht von Allerheiligen zu Allerseelen. Von Taco, knapp 31, besonders brutal und rücksichtslos, im Bahnhofsviertel gefürchtet und gehasst, blieb nur das blanke Gerippe zurück. Zwischen den Zähnen blinkt ein goldenes Kettchen mit Resten eines in unerträglichem Schmerz zermalmten Kreuzes. Sein Talisman – wirkungsloser Schrott. Dagegen strahlen die leeren und dunklen Augenhöhlen des Schädels eine sanfte, wesenlos entrückte, ewige Ruhe und Verklärung des Todes aus. Seine Gebeine glänzen hell im fahlen Schein des Vollmonds, der mehr weiß als gelb, schräg durch die kranken, schütteren Fichtenkronen und die weit ausladenden Äste der Rotbuchen in das Unterholz einfällt, und dort lange, dunkelgraue Schatten auf den Waldboden zeichnet.

Atlantische Tiefausläufer ziehen nach Norden. Der kalte Herbststurm hat sich gelegt.

Feingliedrige, schwarze Ameisen erkunden, ruhelos auf Nahrungssuche, emsig die Umgebung ihres Baus.

Der Sauna-Club im Bahnhofsviertel der großen Stadt ist in der kalten Nacht von Allerheiligen zu Allerseelen besonders gut besucht.

Im Glashaus

Gabriele Wenng-Debert

„„Sie war's nicht", sagt Paul und schüttelt heftig den Kopf, „so eine tut keiner Fliege etwas zu Leide."

Weber meint, alle Indizien sprächen dafür, wirklich alle und er zählt sie auf mit vorschnellenden Fingern: die Schuhabdrücke auf dem Laminatboden, die Forsythienzweige auf dem Stuhl in der ersten Reihe, Fingerabdrücke auf der Vase, die Aussagen der Kolleginnen, der gerichtsmedizinisch festgestellte Zeitpunkt des Todes, „und schließlich und endlich: ihr Geständnis."

Paul hebt die Kaffeetasse zum Mund, verbrennt sich die Lippen, flucht. Er mag seinen Beruf, nur wenn er in diesen Zwiespalt gerät zwischen den Tatsachen und seinem Instinkt, das mag er nicht, das macht ihn nervös. Er steht auf, nimmt die Kalk verkrustete Plastikkanne und schüttet der Palme lieblos Wasser auf die bröselige Erde. Er liebt schnörkellose Klarheit. Mit den Fingern trommelt er auf die gläserne Schreibtischplatte. Er hat sich nicht die übliche Mahagonigarnitur wie Weber rausgesucht. Er will auch keine Aktenschränke herumstehen haben. Die Ordner stellt er in den Einbauschrank. Er ist verheiratet, zwei Kinder, Doppelhaushälfte, geht samstags zum Baumarkt und ruht sich am Wochenende aus von der Arbeit. Daheim erzählt er nicht viel davon, seine Fälle schließt er mit der Schranktür ab, die Ungelösten vergilben in seinem Hinterkopf wie die Akten in der Registratur. Dabei hat er ein glänzendes Gedächtnis und hält es überschaubar und gut sortiert.

Er überfliegt erneut das Kurzattest: „Keinerlei Hinweis auf aggressive Potentiale, eher suizidgefährdet. Na bitte!"

„Aber warum behauptet sie es dann?"

„Wunschvorstellung, was weiß ich?"

Er ist unwillig. Über die Fernsehkrimis muss er immer lachen, so phantasievoll ist die Wirklichkeit nicht, glücklicherweise.

„So eine wie die ist Opfer, lebenslänglich, nie Täter, solche fühlen sich immer schuldig. Wahrscheinlich ist das der Grund für ihr Geständnis."

Er hat Erfahrung mit Pseudo-Tätern.

„Leider war sie's nicht", er grinst Weber an, „die Arbeit geht erst los."

Also Überstunden heute Abend, denkt er, echte Überstunden und streicht sich über den 3-Tage-Bart, zuerst fest, dann sanfter. Scheiße! Er muss Katja anrufen und absagen. Katja. Er denkt kein Bild, keine Buchstaben, er denkt es körperlich. Er steckt das Handy in die Jackentasche und geht raus. Wer weiß, welche Gespräche die aufzeichnen.

Sie nimmt eine gelbe Gerbera aus dem dicht bestückten Eimer, dann eine rote, zupft Schleierkraut mit spitzen Fingern, greift nach einer fast gänzlich geschlossenen Rosenknospe, die sich anfühlt wie eine unreife Zwetschge, und trägt die tropfenden Stängel zum Arbeitstisch. Die Stielenden sind schleimig. Sie schneidet sie mit einem scharfen Messer noch mal ab. Bei den Gerbera muss sie zuerst den Draht bei Seite biegen, der die Köpfe stützt. Sie mag Gerbera nicht. Ihre Hand zittert, als sie die Blumen zwischen den Fingern drapiert, beruhigt sich aber sofort beim Festzurren des Bastes. Sie schaut auf ihre dünnen Finger, fast so dünn wie die Blumenstängel, und folgt mit den Spitzen den Linien der Blütenblätter. Die Gerberastrahlen sind so fein, dass sie unter den Fingerkuppen fast nichts spürt. Sie nimmt eine Tulpe aus dem Eimer, tupft auf den feuchten Stempel, quetscht den Stängel bis Wasser austritt und zieht den hässlichen, aber erregenden Geruch ein.

Zehn Sträuße bindet sie, wie jeden Morgen, beschriftet die Plastikschildchen mit dem Preis und stellt sie draußen in den Eimer. Sie schließt die Ladentür, morgens ist es jetzt noch kalt. Eigentlich kann ich jetzt alles machen, denkt sie und zündet sich eine Zigarette an. Nicht aus Nervosität, im Gegenteil.

Rauchen hat die Chefin im Laden streng verboten. Viola sieht sie vor sich: plump, mit Pferdehaaren und sich durch die fleischigen Läppchen zwängenden Ohrringen. Viola wird immer dünner, wenn sie den Laden betritt. Sie fühlt ihre blonden Strähnen zusammenfallen, bis sie nur noch Flaum sind. Ihre Gliedmaßen werden zu Holz und der Mund trocknet aus. Aber jetzt nicht mehr. Sie holt tief Luft, streckt ihren Rücken, dehnt die verkürzten Muskeln, die Haut spannt über den Rippen, bläht die Brust gegen den grünen Schürzenlatz. Dann pustet sie explosionsartig eine Riesenrauchwolke aus, bläst sie gegen die dicke Treibhausschwüle, gegen die beschlagenen Glasscheiben, tötet belustigt vage Rosendüfte, erstickt Hyazinthenparfüm und Nelkenwürze, setzt sich über Insektenspraydämpfe hinweg – und sackt kichernd vor Lust und Sauerstoffmangel in die Knie.

Eine euphorische Ruhe überkommt sie, das Überschwappen einer bis zum Höhepunkt gesteigerten Aufregung. Sie kennt das. Sie hat es schon öfter erlebt. Zum ersten Mal in der Schule. Sie hört die Lehrerin den Text diktieren und kommt nicht mit. Dabei ist sie eine brave Schülerin, die ihre Aufgaben macht. Sie ist immer als Erste fertig beim Diktat. Ein gewisser Stolz erfüllt sie, wenn sie von ihrem Blatt auftaucht und über die emsig und unsicher gesenkten Köpfe der Mitschüler blickt. Aber diesmal hat sie einige Worte nicht verstanden. Ihr wird heiß. Sie könnte ja einfach etwas auslassen und weiter schreiben. Aber das tut sie nicht. Sie wird auffallen. Gluthitze steigt ihr in den Kopf und wallt hinab in den Bauch, ein heißer Gasballon, der schließlich platzt. Die Ruhe danach ist das Schönste überhaupt. Wenn man die einmal erlebt hat, kommt man nicht mehr los davon. Mittlerweile kann sie die Erregung selbst steigern, sie muss sich nur intensiv hineindenken. Dann ist sie abrufbar. Aber jedes Mal braucht sie ein bisschen mehr.

Wenn die Chefin sich aufführt und Viola mit hängendem Kopf zusammenschrumpft, dann bewirkt das fast gar nichts mehr. Wenn die anderen sie ins Glashaus schicken, um hinter ihrem Rücken zu tuscheln – sie weiß das, sie beobachtet sie durch die Hortensienstöcke hindurch, ihr überhebliches Lächeln, während sie die Augen verdrehen und nach hinten schielen – dann spürt Viola gerade mal leichtes Herzklopfen. Es braucht schon mehr, sie zum Sieden zu bringen. Früher hatte sie alles vermieden, was sie auch nur ansatzweise drückte. Bis sie Gefallen an der rauschartigen Ruhe hinterher empfand. Sie hat auch schon was aus der Ladenkasse genommen. Aber leider hat's keiner geglaubt. Wenn früher Männer den Laden betreten haben, ist sie noch dünner und hässlicher geworden. Irgendwann hat sie gemerkt, dass es darauf nicht ankam. Wenn sie nur mitging. Sie tut es häufig, sie lässt sich aufbrechen und aussaugen. Und genießt es, hinterher. Weder die Chefin noch die Kolleginnen würden es für möglich halten.

Paul schließt die Knöpfe seines Trenchcoats. Die Dächer sind immer noch weiß und die frühen Tulpen hängen schlapp kopfüber in den Gärten.
„Winter im April", brummt er und sein Atem bildet weiße Rauchzeichen.
Er hat die halbe Nacht Akten studiert. Es ist schon schwer genug, einem Täter die Tat zu beweisen. Doch darin hat er Übung. Aber zu beweisen, dass er es nicht gewesen ist – das ist geradezu absurd. Immerhin hat er heute Morgen ein gutes Gewissen. Er hat sogar den Kindern das Pausenbrot geschmiert.
„Weißt du", sagt er zu Weber, „es lässt sich jedes Indiz entkräften, wenn man es aus dem Blickwinkel der Persönlichkeit sieht. Schau sie dir doch an: die traut sich kaum hervor zu schauen aus ihren Blumensträußen und wenn, dann schielt sie unter ihren dünnen Haaren an dir vorbei, bringt kaum ein Wort heraus außer diesem Geständnis. Sie ist die typische Einzelgängerin, die sich abends in ihrer Wohnung einschließt und ihren Phantasien hingibt."
„Und die persönliche Beziehung zum Fahrlehrer?"
„Unsinn, die Ladenbesitzerin sagt, er habe sie mal auf ein Eis

eingeladen, weil sie ihm Leid tat. Wer will denn etwas von so einem Mauerblümchen? Viola sei eine hervorragende Blumenbinderin, aber im Umgang mit der Kundschaft äußerst schwierig, auch in der Zusammenarbeit mit den Kolleginnen. Jedes Wort muss man sich bei ihr überlegen, damit sie sich nicht persönlich getroffen fühlt. Eigentlich hat man immer ein schlechtes Gewissen, wenn man sie anschaut."

Weber lässt nicht locker: „Aber sie war in der Fahrschule, sie hat die Vase in der Hand gehabt, sie war die Letzte, die man herauskommen sah. Da gibt es Zeugen."

„Und? Sie hat ja öfters Blumen dorthin gebracht. Ist sie vielleicht hinausgestürzt, völlig aufgelöst? Nein, die Zeugen sagen, sie habe ganz normal die Tür hinter sich geschlossen – die Tür hinter sich geschlossen! Das macht sie doch nicht, wenn sie gerade jemanden ermordet hat! Die ist doch fix und fertig!"

„Das wär sie aber auch beim Anblick des Toten!"

„Ich glaube, eine wie Viola macht eben alles ganz akkurat, beamtenmäßig sozusagen. Zur eigenen Sicherheit, das ist ihr zur Natur geworden. Die Kolleginnen haben gelacht, als ich von dem Geständnis erzählte. Niemand hält das für möglich. Ich hab' weiter recherchiert. Danach gibt es genug Verdächtige: der Tote hatte Schulden, bei wem auch immer, er hatte wohl ein Verhältnis, mit wem auch immer ..."

Paul ist froh, dass er das herausgefunden hat. Jetzt kann er sich richtig an die Arbeit machen. Er beschleunigt den Schritt. Heute Abend wird er seiner Frau einen Strauß Blumen mitbringen.

Viola ordnet die Primeltöpfe sorgsam nach Farben, zupft welke Blüten aus, topft eine Azalee um, spürt feuchte Erde zwischen den Fingern, presst, knetet sie, drückt die Pflanze hinein, beneidet sie um den festen Stand. Begierig schaut sie aus dem Fenster, wartet darauf, dass Paul kommt und sie endlich holt. Sieht ihn die Straße heraufsteigen, mit zielstrebigem, festem

Schritt, einer der weiß, wo's langgeht, die Hände in den Manteltaschen, das scharfe Kinn vorgeschoben, die Arme ausholend wie zum Angriff. Sie mag solche Männer. Sie fügt sich gerne, heute besonders. Sie malt sich aus, wie er sie anschauen wird, Besitz ergreifend und überlegen, eine klare Front, seine Worte werden in sie eindringen, sich wie ein Echo in ihr vermehren und für diesen kurzen Moment wird sie sich selbst nicht mehr spüren, nur diese endgültige Ruhe.

Es wird so sein wie am Dienstag. Sie hatte sich so etwas schon öfter vorgestellt, gar nicht auf eine bestimmte Person fixiert, sondern nur die Tat. Und sie war ihr zu schwer erschienen, zu viele Hindernisse in ihr selbst, zu viele Barrieren. Wie ein Hochleistungssportler vor dem Wettbewerb ging sie jeden Handgriff, jeden Blickwinkel, jede Nuance immer wieder durch, veränderte die äußeren Umstände, fügte Baustein zu Baustein, die Tat wurde zu einem Mosaik, das ständig neue Bilder produzierte, immer buntere. Eine Zeitlang reichte die Vorstellung. Sie wusste gar nicht, wann der Punkt gekommen war, an dem sie die Gedanken in die Wirklichkeit umsetzen musste.
Erst als Jörg den Laden betrat, lässig an die Tür gelehnt einen Strauß Rosen bestellte, nicht von der Chefin gebunden, nein, von Viola, und sie abschätzend und höhnisch musterte, die anderen sich anstupsten. Als sie die Rosen herausnahm an ihren künstlichen Köpfen, die Stängel zusammen quetschte, dass sich die Dornen in ihre Hand bohrten. Als sie das nicht spürte, weil sie auf Jörgs Bartstoppeln starrte und den hellen Fleck an der Schläfe. Als sie merkte, wie es ihr die Luft nahm, da stand der Zeitpunkt plötzlich fest.
Sie wusste, dass sie die Bodenvase gerade noch heben konnte. Sie hatte es regelmäßig geübt, wenn sie ihm frische Blumen in die Fahrschule brachte. Die standen tagsüber im Büro und abends nahm er sie seiner Frau mit. Im Büro waren sie ungestört. Er schloss die Tür und hängte das Schild „Bin gleich wieder zurück" daran. Es war so einfach gewesen, dass

88

sie sich an Einzelheiten gar nicht mehr erinnerte. Die größte Anstrengung war das Emporstemmen der Vase, nicht der Entschluss. Sie sah seinen Rücken vor der Helle des Fensters – ein Scherenschnitt, nichts weiter. Nicht stärker als die Nelken, Narzissen, Astern, die sie täglich schnitt. Das Fallenlassen als körperliche Erleichterung. Wie eine zertretene Blume lag er vor ihr. Das Triumphgefühl danach hatte sie überflutet und die ungeheure Nähe zu Jörg. Denn das Töten und der Liebesakt haben eines gemeinsam: brutale Nähe.

Hoffentlich ist die Chefin da, wenn der Kommissar kommt und die Kolleginnen und Kunden. Sie sieht ihre verunsicherten Blicke, den Ausdruck von Entsetzen, aber auch Bewunderung und Angst. Um Meterlänge überragt Viola sie, eine Blüte, die aus dem willkürlich zusammengepferchten Strauß herausgewachsen ist, über alle anderen hinweg. Sie schaut hinunter auf ihre hoch gezüchteten Fratzen, die vor ihren Augen zerfallen.

Viola steht im Glashaus und schneidet Forsythienzweige, als Paul zu ihr tritt. Alles in ihr vibriert. Jetzt die Belobigung nach der harten Prüfung – darauf hat sie ihr Leben lang gewartet. Er ist ihr Erlöser, der sie erkennt, der Einzige, der sie versteht. Sie ist mit ihm verbunden, Täter und Mitwisser, eine Einheit, unauflöslich. Wie ein schützender Mantel wird die Tat sie beide umgeben. Sie konzentriert sich auf seinen vom raschen Gehen beschleunigten Atem. Jetzt holt er Luft.....

„Sie waren es nicht", sagt Paul sanft, „Sie wissen das so gut wie ich. Lassen Sie sich krankschreiben, gehen Sie nach Hause und ruhen Sie sich aus."

Er muss mal wieder Psychologe spielen und er kann das.

Er sieht ihren zuckenden Rücken und legt ihr die Hand auf die Schulter. Sie tut ihm Leid, wie sie dasteht, erstarrt in der Bewegung. Ihr Rücken rundet sich unter seiner Hand, erschlafft, es ist nicht mehr ihre Hand, die den Zweig hält, sondern der Zweig, an dem sie sich festzuhalten scheint. Sie rührt sich nicht. Sie braucht Zeit, denkt er. Die Kolleginnen, die Laden-besitzerin werden aufmerksam, verharren mitten im Tun, im Schürzenumbinden, im Kehren, im Pikieren von winzigen Setzlingen, im Herausziehen der Kassenlade und starren zu ihnen hinüber. Minutenlang stehen sie so, als ob die schwüle Glashausluft keine Bewegung mehr zuließe. Er spürt wie sich langsam ihre Muskeln verhärten. Mit einem Ruck dreht sich Viola zu ihm um. Ihr Gesicht ist ein Kieselstein: klein, hart und weiß. „Armes Mädchen!" denkt Paul und schaut Hilfe suchend zum Laden vor, vielleicht können ja die Kolleginnen sich.... Er merkt nicht, dass Viola die Hand hebt. Er sieht die Frauen aus dem Laden auf sich zustürzen und gleichzeitig dringt ein spitzer Schmerz ihm in die Brust, der zu einem Schrei wird. Alles um ihn herum schreit, das Glashaus, die Pflanzen, Webers Gesicht … Und da weiß er schlagartig, dass er sich getäuscht hat. Nicht nur in Viola, auch in sich selbst. Dass nichts so ist, wie es scheint. Und dass er eine Kleinigkeit vergessen hat, weil er so überzeugt war:

„Legen Sie das Messer hin", flüstert er und es wird ihm warm und leicht, als ob er innerlich ausliefe zu einem See unwahrscheinlicher Ruhe.

Der Krug geht so lange zum Brunnen ...

Renate Weidauer

Das ist also erledigt! Alle wichtigen Seiten des Notenbüchleins verbrannt, die Asche weggespült, der Rest, mit Steinen beschwert, jetzt bei Hochwasser, von der Isarbrücke geworfen. Er atmete durch: - vorbei! Der Albtraum zu Ende!

Alles hatte so harmlos begonnen. Erdkunde war noch nie sein Lieblingsfach gewesen, man sah es an den Note, aber seit Neuman – Herr Oberstudienrat Neumann, bitte! – die Klasse unterrichtete mit seiner Überheblichkeit und seinem beißenden Zynismus sie einzeln fertig zu machen versuchte, hasste er diese Stunden geradezu. Nein, nicht die Stunden, den Herr „Oberstudienrat". Der Unterricht zog sich jedes Mal schleppend dahin, und sie, die Schüler mussten sich ständig seine selbst gezeichneten Folien mit Statistiken und ähnlich langweiligem Zeug ansehen. Nicht mal dunkel war es dabei, wie bei Diavorführungen, und deshalb merkte Neumann sehr schnell, wenn einer anderes machte oder seine Gedanken weit weg waren. Die mündlichen Noten fielen entsprechend aus, seine eigenen allerdings katastrophal.
„Er ist ein Arschloch", war die einhellige Meinung der Schüler.
„Man müsste die Stunde mal aufpeppen", meinte einer, „oder ihn irgendwie aus dem Konzept bringen, diesen ironischen Klugscheißer."
In diesem Moment kam ihm die Idee, aber er sagte nichts. Erst zu Hause hatte er Zeit und Ruhe, darüber nach zu denken. Am nächsten Tag, er kam aus der Arbeitsgemeinschaft „Physik am Nachmittag", schlich er sich heimlich und vor allem unbemerkt in den Erdkunderaum, dessen Tür meistens, entgegen der Vorschrift, nicht abgeschlossen war, und verließ ihn zufrieden und ebenfalls ungesehen, nach einer Weile wieder. Morgen stand in der ersten Stunde Erdkunde auf dem Stundenplan.

Es lief wie immer: abfragen, ironische Bemerkungen von Neumann, bösartige Stiche mit Worten – warum wurde man nicht immun dagegen? – und dann die unvermeidlichen Folien. Der Oberstudienrat legte stolz die erste auf den Overheadprojektor.

„Bitte, die Herren, hier…" die wohlbekannte, gehasste Stimme, der Lehrer schaltete das Gerät ein, quiekte plötzlich wie ein Schwein unmittelbar vorm Schlachten, die Klasse grölte vor Freude über den unerwarteten Laut, Neumann stützte sich zitternd mit beiden Händen auf den Projektortisch, fiel zusammen, zur Seite, riss dabei das Kabel aus der Steckdose, zuckte noch einige Male auf dem Boden liegend, um sich herum eine jetzt erstarrt schweigende Klasse.

Dann brach der Tumult los. Alle rannten durch einander, einige verließen fluchtartig den Raum, standen fragend auf dem Gang, bis der Klassensprecher ins Direktorat lief.

Da hatte er schon das neben der Mappe liegende Büchlein ergriffen, es eingesteckt und wie die meisten den Raum verlassen.

„Tragischer Schulunfall – Lehrer stirbt kurz vor Schuljahresende."

„Overheadprojektor unter Strom" titelte das örtliche Blatt am nächsten Tag. Selbst im Bayernteil der SZ stand am übernächsten Tag ein Artikel; Überschrift: „Misslungener Schülerstreich?" – „Tödlicher Projektor!"

Die Handwerker, die in der Schule kleinere Renovierungsarbeiten durchführten, konnten weder Hinweise geben, noch verantwortlich gemacht werden. Der Hausmeister schwor Stein und Bein, stets darauf zu achten, dass außerhalb der Unterrichtszeit die Räume verschlossen seien, auf alle Fälle nach Unterrichtsschluss. Er jedenfalls wisse gar nichts und habe auch nichts gesehen, könne sich auch nichts denken. Aber die Lehrer? Ob die immer abschließen würden? Die wechselten schon mal selbst eine Glühbirne aus, ungebeten ginge er nicht an die Apparate. Er hätte sowieso viel zu viel zu tun. Und die Techniker? Die kämen immer nur in den Ferien zur Inspektion, in vier Wochen erst. Sonst müsste man sie extra anfordern, war aber in letzter Zeit nicht nötig gewesen.

Die Polizei schloss nach gut einer Woche die Akten, kein Hinweis auf Fremdverschulden, kein Verdacht, kein Grund für weiter gehende Ermittlungen. Nichts wies auf einen Schüler- streich hin.

Die sonst übliche Schulabschlussparty fand nicht statt. Die Schüler mussten sich stattdessen zur Trauerfeier versammeln und eine Anzahl Reden über sich ergehen lasse, über die großartige Persönlichkeit des Oberstudienrates. Sie gähnten und grinsten gelangweilt. Der Chor sang angemessen.

Dem Oberstudiendirektor aber wuchsen graue Haare bei dem Gedanken, dass er dem Ministerialbeauftragten mitteilen muss- te, was er bisher allen gegenüber verschwiegen hatte, dass einige Klassen keine Erdkundenoten erhalten könnten – ein unmöglicher Zustand! – da sich trotz intensivster Suche weder in der Schule, noch in der Wohnung des verstorbenen Kollegen ein Notenbüchlein hätte finden lassen. Die geschlossen auf dem Lehrertisch liegende Mappe hatte der Herr Oberstudien- direktor selbstverständlich sofort persönlich an sich genommen, sobald er damals den Unglücksraum betreten habe. Notenlisten oder ähnliches seien nicht da gewesen. Er hatte keinerlei Ver- dacht.

Neumanns Unfall war eine Weile Stadtgespräch, die Eltern zeigten sich natürlich entsetzt, die Schüler weniger betroffen. Keiner sah aus, als quäle ihn ein schlechtes Gewissen.

Er versuchte sich selbst zu entschuldigen, dass er diesen Ausgang nicht gewollt hatte, nur eine Art Bestrafung für die vielen kleinen Tode, die er – und die anderen auch – immer wieder gestorben waren bei den Worten dieses Lehrers. Und als dann geschah, was er so überhaupt nicht geplant hatte, war der Griff nach dem Notenbüchlein automatisch erfolgt und seine schlechten Noten verschwanden. Nie, das schwor er sich selbst, würde er über diese Angelegenheit sprechen, die vertauscht angeschlossenen Kabel und alles, was dann geschah.

Gut, dass jetzt die Ferien kamen. Er hoffte, nie wieder über das Geschehene nachdenken zu müssen, und versuchte, es in die hinterste Ecke seines Gehirns zu verdrängen.

Festen Schrittes ging er über die Isarbrücke nach Hause.

Der Kampf um die Nadelspitze

Franziska Steinkamm

Sie lag zwischen den Blütensträuchern im Klostergarten, regungslos, zerbrochen.

Die blauen Augen im ebenmäßigen Gesicht starrten blicklos. Unter der Nonnenhaube bahnte sich ein rotes Rinnsal seinen Weg ins Freie, floss die Schläfe entlang über die Wange und zeichnete ein blutiges Spinnennetz in die schwarze Erde. Kein Zweifel, Schwester Loyola war tot, erschlagen. Fassungslos umhuschten sie die Nonnen. Warum war gerade sie ermordet worden, sie die jüngste, die sanftmütigste, die bescheidenste von allen?

Als der Gerichtsarzt die zur Faust verkrampfte Hand löste, leuchtete ihm ein kunstvoll geschliffener Handspiegel entgegen. Verwirrt nahm die Mutter Oberin diesen im klösterlichen Leben nicht üblichen Gegenstand zur Kenntnis. Sollte – und das verhüte der Allmächtige – ihre Mitschwester in der Todsünde der Hoffart gestorben sein?

An der polizeilichen Absperrung drängten sich die Schaulustigen. Neugier und Betroffenheit stritten um die Vorherrschaft. Da war einerseits die Faszination des gewaltsamen Todes, andererseits die Trauer um den Verlust der allseits beliebten Nonne.

Unter den Gaffern befand sich auch Jonas, ein junger Mann, als Findelkind von den Nonnen aufgenommen, gepflegt, erzogen und jetzt im Kloster geduldet als Arbeiter für schwerere Arbeiten.

Jonas hatte den Klosterschwestern immer nur Freude bereitet. Er war fromm, sehr fromm, so fromm, dass er sein irdisches Leben dazu verwendete, sich mit aller Kraft und jeder Entbehrung und Selbstkasteiung auf die Ewigkeit vorzubereiten. Kein Tag verging, an dem er nicht entweder mit glühenden, verzehrenden Augen auf der harten Kirchenbank kniete und sich mit heißem Ziehen im Herzen in die andere Welt wünschte oder in der Klosterbibliothek in heiligen Schriften las wobei es ihm die ‚De principiis' von Origines besonders angetan hatten.

Als der Kommissar den Prügel, die wahrscheinliche Tatwaffe, prüfte und die Menge vor Entsetzen aufstöhnte, drehte sich Jonas um und wandte sich seiner Arbeit am Hackstock zu. Auf seinem Gesicht lag ein erleichtertes Lächeln.

Die Nonne war noch nicht unter der Erde, da fand ein Reisig sammelndes Kind im Unterholz die Leiche des Dorfpfarrers, erschlagen. In seinem Beutel fand man eine halbleere Flasche Schnaps. Diese Tatsache verunsicherte seine Pfarrkinder sehr. War es nicht ihr Pfarrer gewesen, der Sonntag für Sonntag in seiner Predigt gegen Unmäßigkeit, vor allem gegen Trunksucht gewettert und jenen, die diesem Laster verfallen waren, alle erdenklichen Höllenqualen prophezeit hatte? Nun hatte er selbst eine Flasche dieses Teufelszeugs mit sich getragen und die post mortale Blutuntersuchung hatte einen erheblichen Alkoholspiegel ergeben.

Jonas half hingebungsvoll und beflissen den Priester zu bergen, er wusch die Leiche sorgfältig und kleidete sie zur Aufbahrung ein. Bei seiner anschließenden Andacht fühlte er sich dem Himmel sehr nahe.

Ein Ehepaar, in der Gemeinde wegen seiner vorbildlichen Lebensführung sehr angesehen, war das nächste Opfer. Die beiden jungen Leute lagen erschlagen in einer versteckten Bucht. Der Picknickkorb und die Essensreste bewiesen eindeutig, dass sie einen Tag in der freien Natur dem sonntäglichen Gottesdienst vorgezogen hatten.

Als ihre Leichen auf einem Fuhrwerk vorbei an der gaffenden Menge zum Leichenschauhaus gekarrt wurden, murmelte Jonas: „Sie kommen in die Hölle, genau wie der Pfarrer und die Nonne", drehte sich um und ging Richtung Klosterkirche.

Die Polizei tappte im Dunklen. Trotz ausgeklügelter Ermittlungsverfahren konnten der oder die Täter nicht gefunden werden.

Nach vielen Jahren ließen die Akten der Ermordeten den Stapel der unerledigten Fälle anwachsen.

Als sich der durch die Ablage aufgewirbelte Aktenstaub wieder zu beruhigen begann, schickte eine mitleidige Seele nach einem Priester für den sterbenden Jonas. Am Krankenbett fand der Seelsorger statt eines reuigen Sünders einen Mann vor, dessen Lippen stolz in stereotyper Eintönigkeit murmelten: „Herr, ich habe mir selbst den Weg bereitet, Herr, ich werde einen Platz in deinem Hause haben…"
„Was meinen Sie damit? Was heißt das, Sie haben sich selbst den Weg bereitet?"
Voller Unverstand blickten ihn die braunen, schwimmenden, rot umrandeten Augen des Alten an, dann flog ein Lächeln über sein Gesicht. Zitternd suchten seine gichtigen, an den Knöcheln beulig ausgewucherten Hände nach dem abgegriffenen Buch neben seinem Kopfkissen. Die Seite, die er aufschlug war fransig und zerlesen. Ein knotiger Zeigefinger deutete auf eine Stelle – seine Lippen formten flüsternd, ohne zu lesen, die Textstelle: „Origines lehrt: Mindestens drei leibhaftig von den Toten Auferstandene werden sich dereinst um den Platz auf einer Nadelspitze schlagen müssen."
In Jonas Augen lag Triumph, als er den Blick des Priesters suchte. Dieser stammelte verlegen: „Ich verstehe nicht …"
Jonas keuchte mit letzter Anstrengung: „Es wird sehr wenig Platz sein am Ende aller Zeit. Aber der Platz auf der Nadel-

spitze, der gehört mir, mir ganz allein. Ich habe ihn mir erarbeitet."

Schwer atmend floss das Geständnis eines sinnlosen Sieges aus Jonas' zahnlosem Mund. „Die junge Nonne war am schwierigsten von meiner Nadelspitze zu vertreiben. Sie war so gut und gottesfürchtig. Es brauchte viele Komplimente bis sie endlich lächelnd im Spiegel ihr feines Gesicht betrachtete. Da erschlug ich sie in der Sünde der Hoffart. Beim Pfarrer war es schon leichter. Er hatte zu fett gegessen und wand sich vor Bauchschmerzen. Ich bot ihm Schnaps als Medizin an. Sein Unwohlsein besserte sich und er fand Gefallen an dieser heilsamen Medizin. Ja und das Ehepaar bekam ich geschenkt. Als ich bemerkte, dass sie sich vor dem Sonntagsgottesdienst drückten, schlich ich ihnen nach und erschlug sie.

So habe ich mehr als drei daran gehindert, einen Platz auf der Nadelspitze zu beanspruchen."

In das erbleichende Gesicht des Alten hinein sprach der Priester verzweifelt: „Aber, aber die Lehren des Origines wurden schon im dritten Jahrhundert als Irrlehren abgelehnt."

Jonas hörte ihn nicht mehr, er war gegangen.

Jack the Ripper

. Gabriele Wenng-Debert

Er saß da und wartete – worauf, das wusste er selbst nicht so genau. Aber der unbeschreibliche Drang, die Lust, die ihn immer wieder bis zur Selbstvergessenheit ergriff, zwang ihn dazu. Beim Aufwachen war noch nichts davon vorhanden gewesen. Das Zwitschern einer Amsel hatte ihn geweckt. Mag sein, dass das den ersten Anstoß gegeben hatte. Bewusst war es ihm jedenfalls noch nicht gewesen. Er hatte es sogar als angenehm melodisch empfunden, ohne Hintergedanken. Er hatte sich gestreckt, genüsslich gerekelt, mit weit offenem Mund gegähnt, sich dann mit vom Schlaf entspannten Gliedern erhoben.

Es würde ein sonniger Tag werden, das merkte er jetzt schon. Sicher heiß. Er liebte die Hitze nicht, sie machte ihn phlegmatisch. Aber noch war es kühl; das Frühlicht färbte den Tau milchig. Eine etwas wehmütige Stille, schon in Erwartung des Abschieds, durchzog den Park und wich scheu zurück, wenn ein zaghafter Sonnenstrahl sie traf. Das war seine Zeit Niemand war unterwegs außer ihm. Es störte ihn nicht. Er war sowieso ein Einzelgänger. In diesem Moment musste er seine Welt mit keinem teilen: kein Kampf der Geschlechter, keine weiblichen Wesen, denen zu folgen ihn seine Natur zwang, keine Menschenseele.

Er verließ den geteerten Weg und schlug sich ins Unterholz. Die feuchten Blätter der Rhododendren streiften seinen Kopf. Mit tiefen Atemzügen sog er den herben Geruch reinlicher Nässe ein, wenn auch aus der Erde noch der schwüle Dunst abendlicher Wollust aufstieg. Er kletterte über vermoderte Äste, zwischen denen junger Farn wucherte, zwängte sich vorsichtig durch stachelige Berberitzensträucher – und tappte plötzlich in ein unerwartet sumpfiges Grasbüschel; der Untergrund gab nach, und schon quoll braunes, blubberndes Wasser über seine Knöchel.

Bis zu diesem Moment hatte er nichts dergleichen in sich gespürt, es hatte auch keinen Anlass gegeben. Doch nun, vielleicht aufgeschreckt durch das kalte Wasser – Wasser war ihm überhaupt zuwider – vielleicht jetzt erst das leise Rascheln wahrnehmend, stieg wie ein heißer Strom aus der Tiefe seiner Bauchhöhle diese Gier in ihm empor, erreichte das Herz, das den Strom aufnahm und emsig weiter pumpte, bis er den Kopf überspülte, dort alles auslöschte, was kurz zuvor noch gewesen war, und den ganzen Körper in einen einzigen Gedanken komprimierte.

Er hockte auf dem feuchten Boden und starrte ins Zwielicht der Zweige, aus dem das Geräusch gekommen war. Bald konnte er kein Glied mehr rühren, eine Starre erfasste ihn, wie im Krampf durchlief hin und wieder ein leises Zittern seinen Rücken.

Dass das Rascheln im Gebüsch nicht etwa von einem Luftzug stammte, sondern dass sich dort ein lebendiges Wesen verbarg, erfasste er instinktiv. Mit der Gier zugleich war ihm ein fast übernatürlicher Sinn gegeben für das Erspüren eines Opfers. Er fühlte förmlich den warmen Leib, als wäre er schon in seinem Besitz. Gegner und intimster Teil seiner Leidenschaft waren die Opfer für ihn, etwas, das er bekämpfen und sich gleichzeitig gefügig machen musste.

Wie ein Kind, das ins Spiel vertieft sich selbst nicht mehr wahrnimmt, waren er und sein Opfer bereits eins. Jenes ahnte noch nichts davon, es schien den morgendlichen Park ebenso zu genießen wie er. Hell leuchtete es durch das Gestrüpp – die zarten Glieder, die schimmernden Haare, die vorgewölbte, aber noch kindliche Brust – eine solch unbeschreibliche Wollust übermannte ihn, dass unwillkürlich ein tierischer Laut seiner Kehle entsprang. Das Wesen hielt inne, drehte den Kopf, ihre Augen trafen sich – da war er – der erschrockene Blick, den er mit verengten Pupillen festhielt, bannte, lähmte. Er roch die bitter-süßen, angstvollen Ausdünstungen. Jetzt nur nicht zu früh losschlagen, die Spannung noch hinauszögern, länger als beim Liebesspiel, das ihm keine rechte Befriedigung brachte, da es seiner Art gemäß viel zu schnell vorbei war. Das Opfer musste zum Gegner werden, um seine Leidenschaft vollends aufblühen zu lassen. Nur wenn es nicht leicht zu haben war, konnte er den Rausch wirklich genießen. Ohne Kampf hinterließ die Handlung einen faden Nachgeschmack, der nur durch eine erneute, rasch folgende Gewalttat überdeckt werden konnte. Er zählte die Sekunden, die seinen Kopf durchschlugen, bis er es nicht mehr aushalten konnte. Er sprang auf, das Opfer schüttelte ebenso schnell seine Lähmung ab, flüchtete − er liebte es für dieses Fliehen, denn jetzt war es der Feind, den er besiegen, mit dem er sein Spielchen treiben konnte. Er ahnte nichts von der Perversität seines Unterfangens, er kannte keine Reue, war insofern schuldlos, unschuldig wie sein Opfer, durch Triebe aneinandergekettet.

Er genoss das ruckhafte, panische Vorwärtsstürmen, setzte nach, hielt jedoch genug Abstand, um das Wesen in vermeintlicher Hoffnung weiter fliehen zu lassen, was seine Anspannung zum Höhepunkt steigerte. Jetzt sah er deutlich, was er zuvor nur erahnt hatte: jung war sein Opfer, kindlich. Der Rausch kam vollends über ihn − nur wenige Sätze und er packte den warmen Leib. Ein von Todesangst erstickter Schrei drang an sein Ohr, in seine weit geöffneten Sinne. Das Zittern des Körpers setzte sich wie ein orgiastischer Fieberschauer in ihm fort. Mit unbewusster Sicherheit ertastete er die zarteste Stelle am Hals, fühlte die zierlichen Knochen und drückte zu − ein einziges Mal, das genügte.

Die Spannung wich wohliger Müdigkeit. Die Büsche nahmen wieder Konturen an. Fast erstaunt betrachtete er den schlaffen Körper zu seinen Füßen.

In diesem Moment ertönte ein Ruf: „Jack − du wirst doch wohl nicht schon wieder ....." Er blickte verunsichert in die Richtung, aus welcher die Stimme kam. Schritte näherten sich, und in plötzlicher Erinnerung an ein Schuldbewusstsein, das man ständig versuchte, ihm aufzudrängen, flüchtete er auf den nächsten Baum und sah verständnislos zu, wie sein Herr eine Schaufel holte und schimpfend die tote Maus im Boden vergrub.

Der Traummann

Brigitte Walter

Ronald war bei der schiefergrauen Steinnadel angekommen, die spitz in den blauen Himmel ragte. Rechts hatte sich wildes Sträuchergewirr angesiedelt, links lag eine glatte Granitplatte mit einem Riss, aus dem Grasbüschel quollen. Die Platte senkte sich ein wenig zur tiefen, steilen, spärlich bewachsenen Schlucht hin. Der Fels würde keinerlei Halt bieten. Unten rauschte der reißende Auenbach. Wenn überhaupt, gab er seine Opfer erst nach Tagen frei. Ronald bückte sich und riß die Gräser aus dem Spalt. Mit gerunzelter Stirn betrachtete er den Platz, lächelte schließlich zufrieden und trat den Rückweg an. Unterwegs begegnete er einem Paar, grüßte leutselig „einen wunderschönen guten Tag", spürte, dass die Frau sich umdrehte. Er war es gewohnt, dass die Frauen sich nach ihm umdrehten, auch wenn er so wie heute lässig gekleidet war: Jägerhut, kariertes Hemd, Joppe, prall sitzende Kniebundhose.

Kurz vor der Talsohle schlüpfte er durch einen Spalt in eine Höhle und zog sich um: sandfarbene Hose, schwarzes Hemd, schwarzes, sandfarben getupftes Seidenhalstuch, sandfarbene Slipper. Das Wanderzeug verstaute er in der großen Reisetasche. Auf dem Spiegel der Bahnhofstoilette überprüfte er sein Aussehen, kämmte seine schwarzen Locken, grinste mit seinen weißen Zähnen – du siehst aus wie Omar Sharif in seinen besten Jahren – pflegten seine Freundinnen zu seufzen. Dann fuhr er mit der Bahn zurück.

Morgen wird er mit Marlies den Ausflug machen.
Voraussichtlich gegen Mittag wird er Oleg anrufen, sich von ihm abholen und nach Zürich fahren lassen, das Geld vom Nummernkonto abheben – Marlies hatte ihm die Nummer aufgeschrieben, falls ihr irgendetwas zustoßen sollte – und Oleg bezahlen, um 18.15 Uhr die KLM-Maschine nach

Amsterdam nehmen, gut zu Abend speisen, übernachten, um 10.25 Uhr nach Sankt Petersburg weiterfliegen. „Ich besitze da ein hübsches Hotel, direkt an der Newa, da kannst du ein paar Tage bleiben, bis deine Papiere angefertigt sind – übrigens erstklassige Arbeit, du wirst begeistert sein. Natürlich nicht billig, aber du hast es ja", hatte Oleg gegrinst.

Oleg war ein reizender Mensch, freundlich und zuvorkommend – sofern man bei ihm die Spielschulden bezahlte. Andernfalls wurde man auf höchst brutale Art ins Jenseits befördert – „In euren lieblichen bayrischen Seen liegen etliche meiner Schuldner, mit Zement an den Füßen, wirklich sehr bedauerlich, aber du verstehst, ich kann keine Zahlungsunmoral dulden, wenn ich nicht schamlos ausgenutzt werden will!"
Ronald verstand. Er hatte die letzte Zeit Pech gehabt, unnatürlich viel Pech, stand mit hundertvierundsechzigtausend Euro bei Oleg in der Kreide. So war es nun einmal: Unglück im Spiel, Glück in der Liebe.

In der Behandlung von Frauen war Ronald Meister; ob zärtlich, leidenschaftlich, dominierend oder sanftmütig, immer traf er den richtigen Ton, wickelte sie nach Belieben um den Finger. Und wenn er sie fallen ließ, hatten stets sie das Gefühl, dass sie diejenigen seien, die ihn aufgaben: Elvira wollte nicht mit ihm nach Karachi gehen, Ines konnte sich nicht überwinden, seine debile Tante mit zu pflegen, Xenia zuckte vor seiner latenten Krankheit zurück, Bea fand sich mit der Aufzucht seiner beiden lebhaften Söhne (die er sich von einer Kusine kurz ausgeliehen hatte) überfordert.
Einiges Geld würde von der Erbschaft übrig bleiben, einen Urlaub wollte er sich gönnen, bis er mit neuem Elan an Dolores heranging, die spröde, aparte Chilenin, die über ein stattliches Vermögen verfügte.
Marlies war frustrierend unkompliziert. Bei einem Kurkonzert hatte er sie kennen gelernt; mit ihrem Freund saß sie hinter

ihm. Er hörte, wie dieser sagte: „Weißt du Schatz, wir könnten natürlich auch eine längere Kreuzfahrt machen, zwei Wochen sind sehr kurz. Dafür holst du das Geld deiner Tante aus Zürich und wir leisten uns einen herrlichen Urlaub. Die restliche Million kannst du immer noch anlegen!"

„Das werd' ich mal überdenken", hatte sie geantwortet.

Geld aus der Schweiz, das klang gut. Ronald machte Marlies' Bekanntschaft, sie verließ ihren Freund, er zog zu ihr, in ihr mit Kitsch überfrachtetes Apartment, nach zwei Monaten heiratete er sie. Aus der väterlichen Firma bezog sie stattliche Tantiemen, die sie allerdings auf die unsinnigste Weise verschwendete: für einen Wellnessurlaub der Zugehfrau, für die Ausstattung der örtlichen Theatergruppe, für die Anschaffung von Didgeridoos für den Musikverein, für zwei Verkäuferinnen in ihrem Dritte-Welt-Laden, der ihr lediglich Verluste einbrachte. Ihre neueste Idee setzte dem Ganzen die Krone auf: „Ich werde ein Tierasyl gründen," hatte sie ihm vorgeschwärmt, „mit Tante Theas Erbschaft!" Er hatte einen Wutanfall bekommen, sich aber sofort entschuldigt: „Verzeih', dass ich aus der Fassung geraten bin, aber es macht mich rasend, wenn ich daran denke, wie gefühlsroh man mit Tieren umgeht, du hast völlig recht, meine Liebste, deine Sanftmut ist etwas, das ich besonders an dir liebe!" Mit einem leidenschaftlichen Kuss unterstrich er seine Weichherzigkeit.

Er hatte ihr weisgemacht, dass er ausgezeichnet mit seinem Import-Export-Handel verdiene, der auch seine häufige Abwesenheit erforderte. Tatsächlich traf er sich mit Gleichgesinnten zum Pokern. Diesen Nervenkitzel brauchte er – seit er ihn einmal verspürt hatte.

Marlies hörte Ronald kommen, ihr Herz schlug heftig. Seit zwei Monaten war sie nun seine Frau, doch immer noch war sie verrückt nach ihm. Es schien ihr märchenhaft, dass es so etwas wie ihn gab, sein unglaublich attraktives Aussehen, seine Eleganz, seine Manieren – all das konnte eine Frau schon um den Verstand bringen. Aber dann war da seine Zärtlichkeit, seine ausgesuchten Geschenke, sein Geschmack, wenn er mit ihr Kleider kaufte, ganz zu schweigen von seinem Einfühlungsvermögen im Bett – sie verstand nicht, womit sie diesen Traummann verdient hatte.

Und dann seine Großzügigkeit und seine Weichherzigkeit; sofort war er damit einverstanden gewesen, dass sie die Erbschaft für das Tierheim ausgab; ihr Geld interessierte ihn nicht, smarter Geschäftsmann, der er war!

Mit seinem typisch elastischen Schritt kam er herein, mit offenen Armen ging er auf sie zu: „Nun, mein Paradiesvögelchen, bist du noch nicht vor Sehnsucht nach mir gestorben – so wie ich beinahe? Schau, ich hab dir eine Kleinigkeit mitgebracht, viel Zeit hatte ich nicht, mein Geschäftspartner hat mich eine Menge Zeit gekostet und London ist so groß!"

„Mein Liebling, du sollst mir nicht immer solche Geschenke machen – wie wunder-wunderschön – steckst du sie mir an?"

Zärtlich befestigte er die Perlenohrklips an ihren Ohrläppchen. Dass sie beide im Bett landen würden, war ihr schon bei seinem Eintreten klar gewesen.

Eigentlich mochte sie keine Bergtouren, aber das kam ihr nicht in den Sinn, als sie an Ronalds Seite den ersten sanften Hügel hinaufstieg. An ihn gelehnt, betrachtete sie das Panorama und fand es unbeschreiblich schön. Als er sie auf einer blumenduftenden Wiese unter einem blütenstrotzenden Baum liebte, glaubte sie, vor lauter Glück sterben zu müssen. Sie verstand nicht, wie sie je Bergtouren hassen konnte.

„Ich brauche weder Palmen noch blaues Meer, um mit dir glücklich zu sein!" Mit feuchten Augen blickte sie zu ihm auf.

Wind kam auf, fürsorglich legte er seine Jacke um sie, ließ den Arm auf ihrer Schulter. „Ich liebe dich so sehr!" flüsterte sie.

„Mein Paradiesvögelchen, das sollst du auch", lächelte er.

Von einem Seitenweg kam lärmend eine Vierergruppe herauf und blieb dicht hinter ihnen. Ronald hielt bei einem kleinen Rasenfleck an: „Hier ist ein hübsches Plätzchen für ein Picknick!" Er schnallte den Rucksack ab, entnahm ihm eine karierte Serviette, eine Flasche Rotwein, ein Stück Weißbrot und Käse. Sie staunte; „Woran du so denkst!"
„Mein Schatz, Planung ist alles!"
Als sie die Flasche geleert hatten, war die Vierergruppe über alle Berge. Er packte zusammen, sie gingen weiter; sie war vom Rotwein beschwipst, und strauchelte gelegentlich lachend.

Bei der Felsnadel rief er begeistert: „Schau nur, was für eine prachtvolle Kulisse hier muss ich unbedingt eine Aufnahme von dir machen!"
Sie stellte sich in Positur, er war nicht ganz zufrieden:
„Den ganzen schaurigen Abgrund will ich mit draufhaben. Wart', ich werd' dich mal fotogen platzieren!"
Ihr markerschütternder Schrei echote durch die Schlucht, eine Fontäne spritzte im tosenden Auenbach auf.

Gut drei Stunden später erfuhr Ronald in Zürich, dass das Nummernkonto der Verblichenen vor einem Monat aufgelöst worden war.

Ermittlungen aller Art

Veit-Peter Walther

Neun von zehn Privatdetektiven sind ehemalige Polizisten. Ich bin der Zehnte, ein Ex-Knacki und sozusagen - die Ausnahme von der Regel. Zwar bin ich keiner von den ganz „schweren Jungs", aber rund zwölf meiner bisher 44 Lebensjahre war ich Knastbruder mit einer soliden kriminellen Ausbildung.

Noch während meiner drei letzten Bunkerjahre bereitete ich mich sehr gewissenhaft auf mein Leben danach vor, denn ein solches wollte ich endgültig beginnen. Ich informierte mich rechtzeitig über die verschiedensten Ausbildungsangebote in der Haftanstalt: In die engere Auswahl nahm ich „Heilpraktiker", „Feng-Shui-Berater" und „Bewährungshelfer", entschied mich letztlich für ein Fernstudium zum „Diplom-Euro-Privatdetektiv", sowie für einen „Intensivkurs Russisch".
Ein Problem dabei war freilich, dass bei meinem Strafregister keine Schnüfflerlizenz zu haben war. Also brauchte ich eine neue Legende, einen neuen Lebenslauf sozusagen. Im Knast ist das nicht schwer. Luk Schmolinski, ein begnadeter Fälscher, der seit acht Jahren in der Zuchthausdruckerei arbeitete und mir von früher eine Gefälligkeit schuldig war, half mir. Ehrensache in unserem Gewerbe. Luk lieferte erstklassige Papiere: Geburtsurkunde, Taufschein, diverse Zeugnisse, genehmigte Blanko-Anträge, Ausreisepapiere und einen Pass. So wurde ich zum deutschstämmigen Spätaussiedler „Alexejew-Michail Schmidtkorsky" aus Wladiwostock.
Meine Studienunterlagen erhielt ich postlagernd und unauffällig per Kurier, die Prüfungen legte ich mit Auszeichnung ab, kein Wunder bei meiner Praxis!
Auch durch wohl formulierte Heiratsanzeigen schuf ich mir eine gewisse Basis für mein späteres Leben.
Bereits zwei Wochen nach meiner Entlassung reiste ich offiziell

und mit allen wichtigen bunten Stempeln versehen, aus Russland kommend, über Polen in diese Republik ein, „dem gelobten Land meiner Vorfahren!" Ich meldete mich bei den Behörden, bezog ein zugewiesenes Zimmer, absolvierte acht lange Tage einen Marathon durch 24 Amtsstuben, stellte 36 Anträge und beantwortete unzählige Fragen. Meine sehr guten Deutschkenntnisse - immerhin hatte ich in Wladiwostok „Germanistik" studiert - erwiesen sich als äußerst hilfreich. Und so harrte ich, endlich als „amtlich bescheinigter Deutscher", hoffnungsfroh der Dinge, die da kommen sollten.

Die zahlreichen Zuschriften auf meine Heiratsanzeigen hatte ich nach geografischen und monetären Gesichtspunkten sortiert und vereinbarte erste Termine. Bereits nach dem vierten Treffen entschied ich mich für „Henriette, Freifrau vom Oderbruch", eine lebenslustige Dame Anfang 60, nicht unvermögend, stark übergewichtig und mit gefährlich hohem Blutdruck.

Als Folge meiner langen Enthaltsamkeit erlebte Henriette ungeahnte Genüsse. Sie blühte buchstäblich auf, erschlankte deutlich und erreichte traumhafte Blutdruckwerte um 120 zu 60. Einer Heirat stünde außer unserem Altersunterschied die Schicklichkeit entgegen, sowie ein gewisses Unverständnis ihrer zahlreichen adeligen Verwandtschaft, meinte sie und – „adoptierte" mich kurzerhand. So wurde aus mir, wer hätte das gedacht – „Alexander-Michael, Freiherr vom Oderbruch".

Meine kleine, auf blaublütige Klientel spezialisierte Detektei betreibe ich mehr zum Zeitvertreib. Verständnisvolle Diskretion ist oberstes Gebot, meine Dienste können nur auf Empfehlung, mit sehr viel Geduld und über eine lange, eine sehr lange Warteliste geordnet werden. Immerhin: „Adel verpflichtet!"

Luk Schmolinski, Sie erinnern sich, er kam auf Bewährung frei, versuchte, kaum aus dem Knast entlassen, mich zu erpressen. Ausgerechnet mich, einen „Freiherrn vom Oderbruch!" Natürlich ohne Erfolg: denn kurz darauf verstarb er, gänzlich unerwartet an einer Fischvergiftung. So ein Pech!

Zufall oder Schicksal? Sie sehen mich untröstlich! Hat mich doch vor wenigen Tagen auch meine allerliebste Henriette ganz plötzlich für immer verlassen. „Ach ja, ihr Herz, ihr kleines, schwaches Herz, die Ärmste ...!"

Hilf dir selbst, dann hilft dir Gott

Franziska Steinkamm

Das Dämmerlicht der Kirche und das eintönige Leiern des schmerzhaften Rosenkranzes umhüllten sie wie eine warme Decke. Seit langer Zeit hatte sie sich nicht so geborgen gefühlt. Man sollte viel öfter in die Kirche gehen, überlegte sie, während sie sich in die abwechselnd von Frauen und Männerstimmen getragene Gebetsmelodie fallen ließ. Ganz sie selbst und ruhend in einem nie gekannten Frieden kümmerten sie die neugierig-getuschelt ausgetauschten Fragen und Vermutungen der Frauen hinter ihr wenig.

Die Leute im Dorf hatten ja recht: seitdem die attraktive, aufgedonnerte Städterin in das Haus jenseits des Kanals gezogen war, hatte ihr Leben aufgehört lebenswert zu sein. Ihr Mann hatte nur mehr Augen, Zeit und Geld für die Fremde gegenüber. Sie, seine langjährige Ehefrau konnte ihm nichts mehr recht machen. Jedes ihrer Worte, jeder ihrer Blicke forderte nur wüste Beschimpfungen und Schläge heraus. Also schwieg sie.

Als der Frost über den Kanal eine klirrende Brücke gebaut hatte, benützte er diese, um so noch schneller in die Arme ihrer Nebenbuhlerin zu gelangen. Sie schaute ihm nach – erleichtert und froh, dass er weg war. Von jetzt an bediente er sich dieses Geschenks der Kälte tagtäglich: am Abend schlitterte er nach einem hastigen Abendessen zur Geliebten und am frühen Morgen kehrte er zurück, forderte barsch ein frisches Hemd und ging zur Arbeit.

Trotz aller Demütigungen hatte sie begonnen, sich in ihr Geschick zu fügen.

Aber gestern Abend hatte er ihr hart und herzlos mitgeteilt, dass er die Scheidung wolle und ab sofort bei seiner neuen Lebensgefährtin leben werde. Am Morgen wollte er packen und ausziehen. Diese seine Entscheidung hatte sie wie ein Schlag getroffen, nicht weil sie ihn liebte – an dieses Gefühl konnte sie sich nicht mehr erinnern. Aber da war dieser verdammte Ehevertrag, den sie vor Jahren verliebt und bereit alles zu unterschreiben, unterzeichnet hatte – der Ehevertrag, in dem sie auf jegliche Art von Unterstützung und Ausgleich des erworbenen Vermögens im Falle einer Trennung verzichtet hatte.

Aber nun war alles gut. Er war nicht gekommen, heute Morgen.

Auf dem Heimweg wich sie den besorgt-neugierigen Fragen der Nachbarn aus. Ja, ihr Mann sei noch immer bei der anderen, nein, sie wisse nicht, wie das alles weitergehe, ja, das sei recht traurig und schwierig. Aber da könne man nichts machen. So sind eben die Männer.

Zuhause angekommen, zerhackte sie mit dem Beil ein paar Scheite für das Kaminfeuer. Die Eiskörner auf der Schneide waren mittlerweile geschmolzen, und das gespaltene Holz schluckte den letzten Rest Wasser.
Die Nachbarn lugten verstohlen aus den Fenstern. Sie trat an den Rand des Kanals und schaute hinüber zum Haus, das nicht wie sonst einladend schummrig erleuchtet war.

Die in der Nacht unter einem kalten Mond in das Eis des Kanals geschlagenen Wunden waren vernarbt. Aus einer mit bläulichem Eis überzogenen Mulde in der Mitte des Kanals stieg verhaltener Dampf auf. Wildes Schneetreiben erstickte ihn.

Sie sammelte das Holz auf, ging ins Haus, schürte den Kamin an und setzte sich erleichtert aufatmend in den Sessel ihres Mannes.

Kommissar Meyers letzter Fall

Gabriele Wenng-Debert

Der Zug München-Ancona fuhr mit kreischenden Bremsen in Venedig-Mestre ein. Er hatte, wie üblich wegen eines Streiks der Bahnangestellten, zwei Stunden Verspätung. Das war Hugo Meyer nur recht. Er sprang auf den Bahnsteig, orientierte sich kurz und rannte zielstrebig zum Hafen. Gepäck hatte er keines, denn den Frühzug zurück nach München würde er auf jeden Fall erreichen.

Alles war bestens organisiert, die ganze Szene hatte er durchgearbeitet bis ins Detail. Wie ein Sportler, kurz vor der Höchstleistung, war er sie gedanklich immer wieder durchgegangen. Eine Kleinigkeit für ihn. Er hatte jahrzehntelange Erfahrung. Auch die Verspätung war einkalkuliert, umso besser: bis er am Tatort war, würde tiefe Nacht herrschen. Er erreichte das letzte Vaporetto. Sein Herzschlag hatte sich selbst beim Laufen kaum beschleunigt. Auch das hatte er trainiert: Mens und Physis.

Schemenhaft zogen die Paläste über dem dunklen Wasser vorbei – erlöschende Greise, in denen ab und zu ein verbrecherischer Lichtblitz aufflackerte. Ja, das hatte etwas! Vielleicht sollte er den Handlungsort doch mal wechseln. Mal? Morgen! Morgen stand ihm die ganze Szenerie zur Verfügung, ihm ganz allein! Die Lichter der Bars, der Straßenlaternen tanzten ihm entgegen – Glühwürmchen in fröhlichem Reigen, luciole.

„Morgen bin ich frei", summte er im Gleichtakt mit den kleinen Wellen, die gegen den Bug schwappten, „morgen öffnet sich die Welt!" Jetzt erst begann sein Herz ungestüm zu pochen.

Auf Anhieb fand er die Gasse. Das etwas schief zwischen zwei Paläste geklemmte Haus, die verkratzte, schwarze Holztür mit dem blanken Messingring und dem fein ziselierten Namensschild – all das war ihm vertraut wie seine eigene Wohnstätte.

Er machte keine Fehler, kein Profi kannte sich so gut aus wie er, Hugo Meyer. Wie sich sein Namenszug auf diesem Schild ausmachen würde? Natürlich knarzte die Treppe, es störte nicht. In Venedig knarzte ständig irgend etwas, die Häuser ächzten, das Wasser schmatzte, selbst ein Schrei würde sich höchstens als lustvoller Höhepunkt all dieser intimen Geräusche definieren lassen. Aber es würde keinen Schrei geben. Das Opfer schlief, wie vorausgesehen, tief und fest – das schwarze, lockige Haar ein wolliger Fleck auf dem weißen Kissen. Mit den Augen einer Katze durchtastete Hugo Meyer die Wohnung. Ihre Einfachheit erstaunte ihn, etwas mehr Geschmack hatte er B. schon zugetraut.

Hugo Meyer träufelte ganz banal Äther auf einen Wattebausch. Zuerst hatte er erwogen, B. mit dessen eigener Dienstpistole …sich dann aber dagegen entschieden – es würde zu lange dauern, bis er sie fand. Tatsächlich hing sie nicht am Bettpfosten, wie er das bei einem Kommissar eigentlich erwartet hatte.

B. bewegte sich nicht einmal, als er ihm den Bausch auf Mund und Nase drückte. Hugo Meyer entnahm seinem Federmäppchen einen hölzernen Füllfederhalter, in den statt der Feder eine skalpellähnliche, kleine Messerklinge eingesetzt war. Das Aufschlitzen der Pulsadern war eine Kleinigkeit. Wenn schon, dann stilecht.

Im Frühzug hatte Hugo Meyer ein Abteil für sich. In der Dämmerung waren kaum Umrisse zu erkennen, aber jeder Telegraphenmast, jede Häuseransammlung, die Lichtpunkte der Fenster, die wie Fische in einem bleichen Meer zuckten – alles regte ihn zum Schreiben an. Wie aus einem lange aufgestauten See quoll es aus ihm hervor: Buchstaben, Worte, der Stift flog dahin. Wenn schon ein einziger Mord solche Schleusen öffnete, welche verborgenen Reserven würden die weiteren, geplanten Taten erst freilegen! Jetzt konnte Hugo Meyer, der Kommissar seiner Geschichten, dem er den eigenen Namen gegeben hatte, endlich agieren.

Der lästige, übermächtige Nebenbuhler war beseitigt. Kein Mord mehr an der untreuen Ehefrau, kein Toter mehr am Sportplatz, kein Anschlag auf den Bürgermeister von Aschenheim. In welchen Räumen konnte sich Hugo Meyer endlich bewegen! Venedig, New York, die gesamte Mafiaszene, die Minderjährigenbordelle in Bangkok, die Machenschaften des Vatikan, der internationale Rauschgifthandel – die gesamte kriminelle Welt stand ihm zur Verfügung.

Und er löste die Fälle geschickter, viel geschickter als B. Irgendwann wird er auch die Fälle N.'s übernehmen, sich vielleicht sogar nach Skandinavien wagen, wo es viele Konkurrenten gibt. Natürlich nachdem er diese beseitigt hatte. Irgendwann wird es nur noch ihn geben: Kommissar Hugo Meyer.

Gespannt verfolgte Hugo Meyer am nächsten Tag die Nachrichten. Leider war die Presse wohl noch nicht informiert. Auch in der Zeitung war keine Zeile vom Geschehen zu finden. Er fieberte förmlich dem Austräger entgegen: nichts, die ganze Woche hindurch keine Meldung, keine große Überschrift, wie er sie erwartet hatte, nicht mal eine Randnotiz. Hugo Meyer wurde nervös. Dann fiel ihm ein, dass die Polizei den Mord sicher vorerst geheim halten wollte, um den Täter leichtsinnig zu machen. Hugo Meyer grinste und setzte sich voll Energie an seinen Schreibtisch.

Als er aber nach drei Wochen noch immer keine offizielle Bestätigung der Tat in Händen hatte, befiel ihn Unbehagen, Unsicherheit, Angst: B. konnte das nicht überlebt haben. Die zunehmenden Zweifel wirkten sich auch auf seine Kreativität aus: die Fälle wurden wieder durchsichtig, mittelmäßig, Kommissar Meyer agierte unkonzentriert und lahm.

Hugo Meyer musste Klarheit haben. In der Buchhandlung erhoffte er endlich den Nachweis zu erhalten. Da lagen sie, die verhassten Bände: Venezianische Scharade, Aqua Alta,

Vendetta, Endstation Venedig. Ja, Endstation Venedig. B. hatte sich sein eigenes Urteil gebildet.

„Hat denn der Verlag schon einen Nachfolger für B.?" fragte er die Buchhändlerin. Sie sah ihn überrascht an:

„Wieso Nachfolger?" –

Hugo Meyer zog sie verschwörerisch hinter ein Regal:

„Mit mir können Sie offen darüber sprechen", flüsterte er, „ich weiß Bescheid." –

„Bescheid? Worüber?" –

„Lassen Sie mich doch nicht noch deutlicher werden. Über das, nennen wir es mal: Ableben von B." –

„Das Ableben?", die Buchhändlerin lachte: „So ein Unsinn. Wer hat Ihnen denn so etwas gesagt? Der neunte Fall ist gerade in Bearbeitung; er erscheint in einem Vierteljahr. Keine Angst, Brunetti ist lebendig wie eh und je. Die Serie geht planmäßig weiter."

Hugo Meyer wusste nicht recht, wie er nach Hause gekommen war. Sein Kopf arbeitete fieberhaft. Er sah den Körper vor sich im Halbdunkel, spürte das warme Blut pulsierend aus der Ader quellen. Der Federhalter – er hatte die Klinge noch nicht gereinigt! Er holte ihn aus dem Mäppchen: blutverkrustet, es gab keinen Zweifel. Er brauchte italienische Zeitungen von der Mordwoche. Da wird es drinstehen, wovon die Buchhändlerin nichts weiß.

Die ganze Palette bestellte er sich über Internet, in der Nacht las er, übersetzte mühsam, durchforstete die Spalten, bis er in den frühen Morgenstunden auf folgende Stelle im venezianischen Stadtanzeiger stieß: „Brunetti, Cameriere del bar „Allegria" – ucciso nel suo letto" – „Brunetti, Kellner der Bar „Allegria" in seinem Bett getötet."

Die Gröben-Exen

Teilnehmerinnen und Teilnehmer
am Seminar „Experimentelles Schreiben"
des Forums Gröbenzell

Beate Alstetter

geboren in Stuttgart, aber durch Schule und Studium in Hamburg als „Nordlicht" geprägt, lebt seit 1977 in Gröbenzell; dort nach langjähriger Berufsphase ehrenamtlich tätig im Bereich der Erwachsenenarbeit. Seit zwei Jahren Mitglied der „Gröben-Exen".

Erika Gehrke

stammt aus dem Bayerischen Wald, lebt seit zwanzig Jahren mit der Familie in Gröbenzell. Mit Vorliebe widmet sie sich dem Schreiben, Veröffentlichen von Kurzgeschichten, Naturlyrik und Mundartdichtung in Anthologien.

Dr. Udo Müller

Spätberufener in Sachen Schreiben. Erst nach dem Ausscheiden aus dem Berufsleben stieß er vor einem Jahr zur Gruppe. „Auch Schreiben trägt dazu bei, jung zu bleiben", ist seither seine Devise, Gern schildert er menschliches Verhalten in alltäglichen und außergewöhnlichen Situationen.

Franziska Steinkamm

Die geborene Münchnerin lebt seit vielen Jahren in Puchheim. Sie schreibt Lyrik und Prosa. Veröffentlichungen in Anthologien und der Presse. 2001 erschien ihr Buch „Leicht bewölkt". 2002 gründete sie einen Verlag. (www.buchverlag-steinkamm.de)
Sie ist Mitglied in mehreren Münchner Künstlerkreisen und im Freien Deutschen Autorenverband (FDA)

Brigitte Walter

Lebensstationen Berlin – Breslau – München. 1980 in Gröbenzell sesshaft geworden. Schreibt Märchen, Gedichte und Reiseberichte; seit Bestehen der Gröben-Exen auch Kurzgeschichten, Glossen, Psychokrimis und Experimentelles. Beiträge in verschiedenen Anthologien, 1999 erstes Buch „Drei Leichen im Whirlpool", 2001 das zweite „Es – Sie – Er".

Veit-Peter Walther

„Typisch Skorpion", sagen irrtümlich so manche, die ihn zu kennen glauben. Seine Lebenskurven schwingen vom früheren Kellner zum Soldaten und Fallschirmspringer, vom Restaurantgeschäftsführer zum sechsfachen Großvater, vom Marathonläufer zum Reisebüroleiter. Wir treffen den naiven Maler im Wartestand, den Flohmarkthändler, aber auch den Qualitätsmanager bis hin zum literarischen Autodidakten, einen Alles- Sammler und Spätentwickler. Mit den Jahren ist er erheblich ruhiger geworden. Das wird nicht so bleiben, denkt die, die ihn wirklich kennt. Jetzt trommelt er auch noch und besucht Clown-Workshops!

Renate Weidauer

Geboren in Dresden, aufgewachsen in Berlin und München. Lebt seit über 25 Jahren mit Familie in Puchheim, dort Beauftragte für Seniorenliteratur. Mitglied verschiedener Schreibgruppen und der Interessengemeinschaft deutschsprachiger Autoren (IGdA)
Schreibt seit Schul- und Studienzeit (Germanistik). Besondere Vorliebe für Lyrik. Verfasst auch Prosa und Reiseberichte, sowie humoristische Texte.
Veröffentlichungen in Anthologien und Literatur-Zeitschriften, zwei Lyrikbände im IDEA-Verlag.

Gabriele Wenng-Debert

Manchmal schickt sie die Kinder in die Schule, verschiebt den Beruf auf den nächsten Tag, lässt die Betten ungemacht und die Geschirrberge in der Küche, schmeißt das schlechte Gewissen zur Tür hinaus, setzt sich hin und schreibt …